LOS SUSURROS

JUAN DAVID MORGAN

LOS SUSURROS

Diseño de portada: Jorge Garnica / La Geometría Secreta
Fotografías de portada: © Studio Firma / Stocksy (hombre) y
© Shutterstock (tinta en agua)

Bajo el sello editorial PLANETA M.R.
Avenida Presidente Masarik núm. 111, 2o. piso
Colonia Chapultepec Morales
C.P. 11570, Ciudad de México
www.editorialplaneta.com.mx

Primera edición: agosto de 2016
ISBN: 978-607-07-3633-9

Impreso en los talleres de Impresora y Editora Infagon S.A. de C.V.
Escobillería número 3, colonia Paseos de Churubusco, Ciudad de México
Impreso em México - *Printed in Mexico*

Capítulo 1

Pedro Alfonso entró al salón de audiencias del Juzgado Sexto del Circuito cuando el reloj de la pared del fondo marcaba las diez y cinco. «Semejante embrollo por una foto». Aunque comparecía en calidad de testigo y el abogado le había asegurado que su declaración no implicaba riesgo alguno, aparecer ante la justicia despertaba en él una gran inquietud. «Como le ocurre a casi todo el mundo; nadie sabe con qué pueden salirse los abogados, quienes viven a costa de los problemas ajenos».

El licenciado José Félix Mantilla lo recibió con un apretón de manos y una sonrisa que intentaba ser tranquilizadora.

—Gracias por la puntualidad —dijo ceremonioso—. El secretario no demora.

—¿El secretario?

—Sí, en los procesos civiles el secretario es quien se encarga de tomar las declaraciones a los testigos.

Pocos minutos más tarde entró a la sala un señor grueso, de mirada esquiva, rostro adusto y bigote poco poblado, que saludó con un apenas audible «Buenos días» y una leve inclinación de cabeza.

—Es Plinio Fernández; representa a la contraparte —dijo en voz baja Mantilla antes de ir a estrechar la mano de su colega.

Mientras esperaban, el abogado volvió a recordarle a Pedro Alfonso que debía responder al interrogatorio de la manera más concisa posible, contestando únicamente a lo que se le preguntara.

—Si fuera necesario, yo intervendré para evitar abusos y triquiñuelas.

Diez minutos después de la hora prevista, precedido de una asistente y vestido con un traje oscuro que había visto mejores días, hizo su entrada el secretario del juzgado. Pidió a cada uno la cédula de identidad, anotó los nombres e invitó al testigo y a los abogados a sentarse alrededor de la mesa rectangular colocada en medio de la estancia. «Hoy, 6 de julio de 2013 —dictó a la asistente— siendo las diez y quince de la mañana, comparece ante el Juzgado Sexto del Circuito el señor Pedro Alfonso Jiménez para rendir testimonio dentro de la demanda interpuesta por María Eugenia de la Torre a fin de que se revoque la declaratoria de presunción de muerte de su padre, Ignacio de la Torre, y le sean devueltos todos los derechos de que gozaba en vida. En esta diligencia judicial actúan el letrado José Félix Mantilla por la parte demandante y por el tercerista que se opone a la petición el letrado Plinio Fernández, a cuya solicitud obedece la prueba testimonial que hoy se practica. Se le recuerda al testigo que si faltare a la verdad podría ser procesado por falso testimonio, delito que se castiga con pena de prisión. El letrado Fernández puede proceder».

Un leve estremecimiento recorrió la columna vertebral de Pedro Alfonso.

—Muchas gracias, señor secretario.

El abogado miró fijamente al testigo, le mostró una fotografía y lanzó la primera pregunta.

—Diga el declarante si reconoce la foto que ahora le muestro.

—Sí, la reconozco.

—¿Sabe el declarante quién la tomó?

—La foto fue tomada por mi difunta esposa.

—¿Recuerda el testigo el día y año en que su esposa tomó la fotografía?

—Fue a mediados del año 2011, un domingo del mes de agosto, aunque no recuerdo el día exacto. —Pedro Alfonso iba a agregar que la fecha debía estar anotada en la cámara fotográfica, pero recordó el consejo de su abogado y decidió callar.

—Sin embargo, el testigo sí está seguro de que fue en agosto de 2011, es decir hace casi dos años. ¿Es así?

El abogado Fernández había vuelto a clavarle la mirada. «Este tipo parece un castor bizco», pensó Pedro Alfonso antes de responder.

—Sí, lo recuerdo con precisión porque mi esposa falleció un año y tres meses después del viaje durante el cual tomó la foto que se me ha mostrado.

—Y ¿dónde fue tomada la foto?

—En el interior de una iglesia, mientras se celebraba la misa. Fue en algún lugar de Asturias, no muy lejos de Oviedo, pero no recuerdo el nombre del pueblo.

—Ya veo. ¿No hicieron ustedes anotaciones de los lugares visitados durante el viaje?

—Tal vez mi esposa las hizo; no recuerdo. —Pedro Alfonso se reacomodó en la silla y miró al secretario antes de proseguir—. Usted me está pidiendo que recuerde hechos ocurridos hace dos años, cuando dedicaba toda mi atención a cuidar de mi esposa enferma.

El abogado Fernández hizo una pausa y también miró por un instante en dirección al secretario.

—O sea que la foto fue tomada por su esposa, dentro de la iglesia de un pueblo asturiano cuyo nombre no recuerda, hace aproximadamente dos años. —El abogado volvió a clavar su mirada bizca en los ojos de Pedro Alfonso—. ¿Es posible que, después de tomarla, su esposa hubiera alterado la foto en alguna forma?

Confundido, Pedro Alfonso miró en dirección de su abogado, que permanecía impávido.

—Perdone, no sé a qué se refiere usted. ¿Por qué habría de alterarla? —preguntó molesto.

—Es precisamente lo que tratamos de averiguar hoy, señor Jiménez. Con las nuevas técnicas se pueden cambiar fácilmente las facciones de la persona fotografiada. Modificar la forma de la nariz o de la boca, ponerle o quitarle barba o bigote, cambiarle el color de los ojos, añadirle o restarle cabello y muchas cosas más. Es cuestión de contar con el equipo adecuado. Supongo que su esposa, que por lo visto era muy aficionada a la fotografía, tenía los conocimientos necesarios para hacer los retoques de los que hablo.

—Ella me mostró la foto el mismo día que la tomó, sin alterarla —respondió Pedro Alfonso visiblemente fastidiado.

—¿Cómo puede usted estar tan seguro? —insistió el abogado—. Estas alteraciones se pueden hacer muy rápidamente. Le recuerdo la advertencia que se le hizo al inicio de su testimonio sobre el delito de falso testimonio.

—Señor secretario —intervino José Félix Mantilla, fingiendo enojo—, le ruego indicarle al distinguido letrado de la contraparte, que no le está permitido acosar al testigo.

—No acoso a nadie, colega. Me limito a recordarle que está obligado a decir la verdad.

—Es precisamente —señaló, con desgano, el secretario— lo que yo, en cumplimiento de la ley, le advertí al inicio de la diligencia y no veo ninguna necesidad de volver a hacerlo. El testigo puede responder y el abogado Fernández se abstendrá de hacer comentarios que no llevan a nada.

Antes de responder, Pedro Alfonso pidió a la asistente repetir la pregunta.

—«¿Cómo puede estar usted tan seguro? Estas alteraciones se pueden hacer muy rápidamente» —leyó la asistente.

—Recuerdo que tan pronto terminó la misa fuimos a almorzar a un pequeño restaurante situado muy cerca de la iglesia. Ordenamos algo de comer y mi esposa, como hacía siempre, comenzó a revisar en la cámara las fotos que había tomado esa mañana para compartir conmigo las mejores. Al llegar a la del grupo coral de la iglesia, se quedó mirándola un largo rato y agrandó un rostro en la pantalla antes de enseñármelo. «¿A quién se parece?», me preguntó. Yo respondí, enseguida, que el sujeto que me mostraba se parecía a Ignacio de la Torre, padre de su íntima amiga, María Eugenia de la Torre.

—Ya veo, ya veo —comentó por lo bajo el abogado Fernández—. ¿Tiene el testigo alguna idea de por qué, dos años después de que fue tomada, se presenta esta foto como única prueba en un juicio en el que se pretende revocar la declaratoria de presunción de muerte de Ignacio de la Torre, ocurrida hace más de diez años?

—Objeto la pregunta, señor secretario —protestó enseguida Mantilla—. En primer lugar no sé por qué el colega Fernández afirma que la foto es la única prueba que se presentará en este juicio. Desde ahora anuncio que durante lo que resta del período probatorio se aportarán al proceso evidencias adicionales que demostrarán que, efectivamente, Ignacio de la Torre está vivo. Por otra parte, no podemos aceptar que en este proceso se dé por sentado el fallecimiento del señor De la Torre cuando precisamente lo que aquí perseguimos es la revocatoria de la sentencia que declaró probada la presunción de su muerte. Finalmente, mi representado no ha comparecido aquí para hacer conjeturas, sino para rendir testimonio sobre hechos que conoce o que le constan.

—Señor secretario —respondió el abogado Fernández—, la única manera de demostrar que Ignacio de la Torre todavía se encuentra entre los vivos es haciendo que se presente al juicio. Ciertamente que no es mediante una fotografía que se puede demostrar que alguien, cuya muerte ha sido declarada judicialmente, sigue con vida. Por otra parte, si lo que buscamos en este proceso es administrar justicia, debemos insistir en que se trata de un caso muy inusual y que el testigo ha sido llamado a comparecer porque tiene conocimientos que podrían contribuir a…

Por aquellos días en que Clotilde había tomado la malhadada foto, Pedro Alfonso Jiménez dedicaba toda su atención a la evolución de la enfermedad de su esposa. Recordaba muy vagamente lo acontecido durante el viaje a Asturias, único capricho de Clotilde después del diagnóstico de esclerosis lateral que, menos de dos años más tarde, terminaría arrebatándole la vida. Inicialmente él se opuso rotundamente al viaje. «Lo prudente es que nos quedemos en casa, con nuestros hijos. Un viaje, sobre todo uno tan largo, puede agravar la enfermedad. Si insistes, por lo menos vamos a consultar al médico». Dolida, Clotilde había respondido que el doctor ya había dado su aprobación, que solamente estarían fuera dos semanas y que cuando su cuerpo estuviera totalmente deteriorado, entonces podría quedarse en casa a esperar la muerte junto a él y a sus hijos.

Aunque Clotilde Pereda Ruiz había mantenido con su abuelo materno una complicidad de esas que solamente se dan entre abuelos y nietos, nunca pudo convencerlo de ir juntos a conocer el pueblo de Asturias en el que este había nacido. Lo único que obtuvo de él fue el nombre de una pequeña aldea, La Forja, enclavada en plena región minera, donde había vivido sus primeros años. «La vida —decía el abuelo para desanimarla— está hecha de retazos, de etapas, y las de mi infancia, adolescencia y primera juventud se cerraron hace ya muchos años. Los recuerdos con los que me iré a la tumba son los que he recogido aquí, en el país que me adoptó, entre tu abuela, tu padre, tu madre y tus hermanos, que son mi única familia». Y después remataba: «Aunque el apellido Ruiz es muy común allá, dudo que encuentres algún pariente vivo». El abuelo murió sin volver a Asturias y, cuando Clotilde se vio enfrentada a su propia muerte, decidió que antes de abandonar este mundo iría a conocer la región de España en la que habían brotado sus primeras raíces.

Para Clotilde, el recorrido por Asturias resultó, más que la búsqueda de parientes desconocidos, una tardía identificación con el paisaje que alguna vez presenciaran los ojos del abuelo. Puertos escondidos, pequeños villorrios donde los pescadores enfrentaban día a día las aguas encrespadas del Cantábrico, y pueblos apretujados entre montañas de permanente verdor que descendían presurosas hasta el mar, que en esta región servía de falda a la cordillera. Tal como afirmara el abuelo, en casi todos los camposantos, algunos de ellos olvidados en el traspatio de iglesias parroquiales, encontraron lápidas con el apellido Ruiz que, al evocar su propia aproximación a la muerte, nublaban las pupilas de Clotilde.

Durante dos semanas los esposos Jiménez recorrieron las principales ciudades y pueblos de Asturias, pero por más que buscaron en los mapas e indagaron con los lugareños, no dieron con ningún pueblo llamado La Forja. «El abuelo nos engañó», reconoció finalmente Clotilde, entre decepcionada y divertida. «A lo mejor el pueblo existió alguna vez y desapareció al venirse a menos la minería», la consoló Pedro Alfonso.

El penúltimo día del recorrido, un domingo lluvioso y nublado, alrededor de las once de la mañana, Clotilde pidió a su marido detener el auto en un pueblucho cuyo nombre Pedro Alfonso no podía o no quería recordar. «¿No oyes el repicar de campanas? Vamos, que están llamando a misa», había dicho Clotilde. Educada a la antigua por monjas de las Esclavas del Sagrado Corazón, ella seguía creyendo que rezar tres avemarías en una iglesia que se visitaba por primera vez traía como recompensa la satisfacción divina de un deseo y a lo largo del viaje se arrodilló a orar en todas las iglesias o capillas de cada pueblo que visitaban. Aunque Clotilde nada comentaba, Pedro Alfonso la veía repetir las tres plegarias en busca de la cura milagrosa de su enfermedad.

En el interior de la iglesia, pequeña y antiquísima, ocuparon la última banca en el momento justo en el que el sacerdote, un anciano parsimonioso, comenzaba la misa con el rezo del Yo pecador. A un lado del altar, un coro de hombres y mujeres, casi todos mayores de cincuenta años, cantaban himnos religiosos acompañados por un órgano tan antiguo como la iglesia. Sin el menor recato, Clotilde se había levantado en busca del mejor ángulo para tomar fotos de la iglesia, del cura, del altar y del coro, que después ordenaría metódicamente como un recuerdo más del reencuentro con sus raíces.

—Haga la pregunta de modo que no requiera una opinión del testigo —ordenó finalmente el secretario del juzgado al letrado Fernández, después de escuchar una prolongada discusión entre los abogados.

«Un primer triunfo. Buen presagio», pensó Pedro Alfonso, regresando de sus remembranzas.

—Dígame, señor Jiménez —el tono del abogado Fernández era ahora más amable—, cuando usted y su esposa, que Dios la tenga en su gloria, vieron la foto por primera vez ¿pensaron que se trataba del difunto Ignacio de la Torre?

—En realidad, no. El señor De la Torre había fallecido hacía varios años. Únicamente nos asombramos por el gran parecido que guardaba con el sujeto de la foto.

—El sujeto de la foto, a diferencia del difunto De la Torre, tenía barba. ¿No?

—Sí, barba y también bigotes, ambos canosos.

—Y, a pesar de la barba y el bigote canosos el parecido era, como usted dice, asombroso.

—Así es.

—¿Escuchó usted alguna vez cantar al señor De la Torre o alguien le comentó que él fuera aficionado al canto?

Desorientado, Pedro Alfonso miró a su abogado, cuya expresión era también de asombro.

—Perdone, pero no alcanzo a entender la pregunta.

—A ver si logro explicarme —dijo, condescendiente, el abogado—. La foto tomada por su esposa, a la cual nos hemos referido a lo largo de este testimonio, corresponde al coro de una iglesia en algún pueblo remoto de Asturias. Y, según alega María Eugenia de la Torre, parte demandante en este proceso, en esa foto aparece su padre, Ignacio de la Torre, cuya presunción de muerte fue decretada judicialmente hace ya varios años. El difunto, que se sepa, no cantaba. ¿No le parece extraño que de pronto aparezca en una foto cantando en un coro?

—En realidad no sé si Ignacio de la Torre cantaba, aunque sí recuerdo que le gustaba mucho la música.

—Ya veo, ya veo. —El abogado hizo una pausa para consultar sus notas—. ¿Usted recuerda qué hizo su esposa con la foto?

—Tan pronto regresamos del viaje se la envió a su íntima amiga, María Eugenia de la Torre, hija de Ignacio.

—¿Le envió la foto original o una ampliación?

—Envió ambas cosas. La foto original que tomó del coro y una ampliación en la que aparecía el rostro del individuo que tanto se parecía a Ignacio de la Torre.

—Ya veo. ¿Sabe usted si al momento de enviar la foto a la señora De la Torre su esposa pensaba que realmente se trataba del difunto Ignacio de la Torre?

—Ella y yo hablamos de ello varias veces, al principio más en broma que en serio. Pero después, recordando la forma tan extraña como había desaparecido el señor De la Torre, cuyo cadáver nunca fue encontrado, Clotilde comenzó a pensar que podría tratarse del padre de su amiga.

El abogado Fernández se inclinó por encima de la mesa, aproximó su rostro de castor al de Pedro Alfonso y volvió a clavarle la mirada bizca.

—¿No es posible entonces, señor Jiménez, que su esposa, antes de enviar la foto a su amiga, todavía más en broma que en serio, como usted ha dicho, hiciera alteraciones para acentuar el parecido entre el sujeto de la iglesia y el difunto Ignacio de la Torre?

Molesto, Pedro Alfonso meditó un instante antes de responder.

—No lo creo —respondió más seguro de sí mismo—. Según entiendo, después de recibir la foto que le enviara Clotilde, María Eugenia se la hizo llegar enseguida a su hermano, Fernando de la Torre. Ella pensaba que realmente podía tratarse de su padre, idea que él descartó de inmediato. Se profundizó, entonces, el distanciamiento que ya existía entre los hermanos y que ha culminado en este juicio en el que usted me ha llamado a declarar como testigo. Puede estar seguro, señor abogado, de que si mi esposa hubiera alterado la foto, se lo habría dicho a su íntima amiga antes de permitir que se enemistara con su hermano.

—Ya veo, ya veo. ¿Y no es posible que para entonces su esposa, cada vez más afectada por la enfermedad que causó su muerte, se desentendiera de la foto y se olvidara de confiarle a su amiga que la había alterado?

Esta vez fue Pedro Alfonso quien fulminó con la mirada al abogado Fernández. Él no estaba dispuesto a permitir que se le faltara el respeto a la memoria de Clotilde. Temiendo un exabrupto, José Félix Mantilla acudió en su auxilio.

—Señor secretario, una vez más me veo en la necesidad de solicitarle que advierta al colega de la contraparte…

—No hace falta ninguna advertencia, señor secretario —cortó el abogado Fernández—. Retiro la pregunta. Por ahora me abstengo de seguir interrogando al testigo, no sin antes insistir en que podríamos ahorrarnos esta controversia en torno a una foto si la parte demandante presenta la única prueba admisible cuando se pretende revocar una declaratoria judicial de presunción de muerte. Me refiero, por supuesto, a la reaparición, en persona y no en simples fotografías, del difunto, Ignacio de la Torre.

Mantilla se removió en su silla antes de intervenir.

—Yo tengo algunas repreguntas, señor secretario, pero antes quisiera refutar, una vez más, las impertinentes afirmaciones del abogado de la contraparte. Como ya se explicó ampliamente al presentar la demanda, existe la posibilidad de que Ignacio de la Torre, aunque continúa en el mundo de los vivos, padezca de alguna dolencia que dificulte su presencia en este juicio. Ya existe por lo menos un precedente en nuestra jurisprudencia en el que se revocó una declaratoria de presunción de muerte sin la presencia del supuesto difunto. De allí la importancia de la foto en discusión y de cualquier otra evidencia capaz de demostrar que, como nosotros afirmamos, Ignacio de la Torre sigue con vida. —Mantilla hizo una breve pausa—. Si le parece, paso ahora a las repreguntas.

—Adelante, señor letrado —invitó el secretario, resignándose.

En sus repreguntas al testigo, el abogado Mantilla procuró corroborar que la foto tomada por Clotilde de Jiménez no había sido manipulada ni por ella ni por nadie; que no había existido en el ánimo de la difunta intención alguna de provocar una controversia entre los hermanos De la Torre y que había actuado animada únicamente por el propósito de ayudar a mantener viva la esperanza que abrigaba María Eugenia de que su padre, Ignacio, siguiera con vida.

Al salir del juzgado, Pedro Alfonso quiso saber la opinión de Mantilla sobre el testimonio que acababa de rendir.

—Todo salió como yo esperaba —había respondido el abogado, pensativo.

De vuelta en su despacho, José Félix Mantilla llamó enseguida por teléfono a su cliente.

—María Eugenia, llamo para decirte que el testigo Jiménez defendió muy bien la autenticidad de la foto. Sin embargo, debo insistir en que ningún juez aceptará nuestra petición de revocar la declaratoria de presunción de muerte de tu padre si no presentamos evidencias irrefutables que demuestren que, efectivamente, él sigue vivo. Una foto no basta y, como ya te advertí, sin que tu padre comparezca personalmente al juicio, veo muy difícil, por no decir imposible, que un tribunal declare que él sigue con vida y que deben devolvérsele sus bienes y el pleno ejercicio de todos sus derechos. Te recuerdo, además, que el término probatorio termina en dos semanas.

—Me alegro de que Pedro Alfonso se portara bien —respondió María Eugenia, con voz tan pausada que daba la impresión de que meditaba cada palabra antes de soltarla—. No podía ser de otra manera dada la gran amistad que nos unió a su esposa Clotilde y a mí. En cuanto a las nuevas evidencias, ya te dije que si mi padre no se ha presentado al juicio es, sencillamente, porque pensamos que todavía no ha llegado el momento.

Varios motivos habían influido en el ánimo del abogado Mantilla para que se decidiera a aceptar la representación de María Eugenia de la Torre que, en contra de la voluntad de su hermano Fernando, uno de los hombres más acaudalados e influyentes de Panamá y de la región, pretendía lograr que se revocara la declaratoria de presunción de muerte de Ignacio de la Torre, padre de ambos, decretada por un juez varios años atrás. Existía, por supuesto, una motivación económica: aunque Mantilla había aceptado cobrar en función del tiempo que dedicara al litigio en caso de tener éxito en su gestión, María Eugenia le pagaría como incentivo una suma adicional considerable. Pero, si bien el dinero era importante, Mantilla, un abogado litigante de reconocido prestigio en el foro, no podía quedarse observando los toros desde la barrera mientras otros colegas ventilaban un caso que sin duda sería uno de los más interesantes en la historia judicial del país y, ciertamente, el más comentado en las redes y los círculos sociales. Además, Mantilla sabía que el conflicto entre los hermanos De la Torre había comenzado a gestarse mucho antes de que Clotilde tomara la controvertida fotografía.

Capítulo 2

Ignacio de la Torre había venido al mundo en algún lugar de Extremadura. De recién nacido fue abandonado por su madre y vivió en orfelinatos hasta que a la edad de quince años lo acogió temporalmente la familia propietaria de La Cocina de Enrique, un restaurante madrileño donde, a cambio de techo y comida, trabajaba largas horas como mesero y aseador. Allí conoció a José de la Torre, un peruano de mediana edad, quien frecuentaba el restaurante cada vez que visitaba Madrid.

La historia del peruano, cuyas facciones de inmediato delataban su sangre inca, era muy similar a la del joven mesero extremeño. Nacido en Arequipa y huérfano también desde temprana edad, José de la Torre había crecido bajo el ala protectora de un sacerdote agustino quien, sorprendido por la precoz inteligencia del niño andino, logró colocarlo como aguatero en una de las muchas explotaciones auríferas que horadan la sierra arequipeña. Le enseñó a leer, a escribir y las primeras nociones de matemáticas, geografía e historia. Además de asimilar conocimientos como una esponja, desde muy temprano José demostró una habilidad innata para descubrir vetas de oro, probablemente heredada de sus antepasados, y en poco tiempo ascendió de aguatero a asistente de cateador. Impresionados por el talento natural del joven indígena, sus superiores lo enviaron al Instituto de Minería, donde continuó sus estudios y perfeccionó su instinto ancestral con conocimientos teóricos que le permitieron progresar hasta ocupar el cargo de Jefe de Exploradores de las minas de Orcopampa.

Comoquiera que José de la Torre parecía no tener otro interés en la vida que no fuera el de buscar vetas auríferas, los directivos de la empresa decidieron enviarlo un verano a tomar cursos de minería ecológica en la Universidad Politécnica de Madrid. Era la primera vez que el arequipeño salía de su tierra natal y, aunque el curso le interesó muy poco, quedó enamorado de Madrid, de sus parques, de sus plazas, de sus museos y de las zarzuelas.

A partir de entonces, todos los años, religiosamente, José se tomaba un mes de vacaciones para seguir conociendo la capital de España y sus alrededores. La Cocina de Enrique, próxima a la estación de Atocha, donde se comía un excelente cocido, se convirtió en su restaurante favorito y allí conoció a Ignacio, huérfano como él, cuya buena estampa y natural inteligencia lo impresionaron muy favorablemente.

El muchacho era introvertido y parco en su expresión, pero cuando el señor peruano le confió que él también había crecido en un orfelinato surgió entre ellos una grata intimidad, nueva para ambos, al punto que durante su última visita a Madrid, José de la Torre le ofreció a Ignacio que si aceptaba ser su hijo, él estaba dispuesto a adoptarlo. «Te aseguro —le había dicho— que en Perú se te abrirán más oportunidades que atendiendo mesas en Madrid. Y con la falta de empleos que existe ahora en España, que afecta más que nada a los jóvenes, será difícil que obtengas aquí una mejor plaza de trabajo. Además, en Arequipa continuarías educándote, que es la única forma de progresar en la vida». Sin pensarlo dos veces, Ignacio aceptó la oferta. Antes de regresar a Perú, De la Torre viajó a Extremadura a contratar un abogado especializado en adopciones. Tras dos años de un tedioso proceso logró ser aceptado como padre adoptivo de Ignacio, no sin antes haberse visto obligado a viajar dos veces a Cáceres para aportar ante el Juez de Familia documentos que demostraban su capacidad económica y su equilibrio emocional.

Al joven extremeño, poco inclinado a develar sus sentimientos, se le saltaron las lágrimas cuando José de la Torre le mostró el pasaporte y el certificado de adopción debidamente legalizado, documentos en los que por primera vez, junto a su nombre de pila, aparecía un verdadero apellido: Ignacio de la Torre. Dos semanas después, padre e hijo se embarcaban en el puerto de Algeciras rumbo a Perú.

En las minas de Orcopampa, José empleó a Ignacio como ayudante de cateador y lo matriculó en la escuela secundaria nocturna, donde logró graduarse con excelentes calificaciones. Entusiasmado por los deseos de superación de su hijo adoptivo, De la Torre logró que lo trasladaran a la oficina principal de la empresa a fin de que pudiera continuar sus estudios en Arequipa. En la Universidad de San Agustín, estudiando siempre de noche, Ignacio obtuvo una licenciatura en Economía y Finanzas que le permitió, gracias a su disciplina y minuciosidad en el análisis, ascender en la empresa hasta ocupar la posición de asistente de la gerencia financiera, a cargo de ayudar en la investigación de nuevas inversiones. Uno de los proyectos que Ignacio llevó a la consideración de su jefe fue el de invertir fondos para rescatar de la quiebra una empresa propietaria de una concesión de explotación de yacimientos de oro en Panamá, país que había comenzado a incursionar en la actividad minera hacía poco tiempo. Todo indicaba que aunque la mina era rica, una mala administración había provocado la intervención de los bancos acreedores y la suspensión de la explotación. Cuando su jefe envió el proyecto a la consideración de la junta directiva esta lo rechazó por el excesivo riesgo país que la inversión implicaba.

Ignacio no se olvidó del asunto y menos de un año después logró interesar a un grupo de inversionistas cuya especialización era el rescate de negocios que habían quebrado por falta de una buena gestión administrativa. Tras estudiar el proyecto, los inversionistas hicieron una oferta a los bancos acreedores de la empresa minera, que fue aceptada, y le propusieron a Ignacio encargarse de la gerencia.

José de la Torre, a quien Ignacio amaba y respetaba como a un verdadero padre, enseguida le aconsejó aceptar el reto: «Puede que la mina no resulte muy productiva, pero hay elementos que hacen pensar que en Panamá probablemente existen otros yacimientos auríferos que pueden hacer mucho más interesante la aventura. Si recuerdo bien mis clases de historia, no en vano los conquistadores españoles bautizaron la región con el nombre de Castilla del Oro. Oportunidades como esta se presentan una sola vez en la vida y no podemos dejarlas pasar. Procura negociar con los inversionistas un contrato que incluya para ti un paquete de acciones o, por lo menos, un porcentaje de las ganancias». Ignacio, consciente de que la soledad volvería a envolver a su padre, quiso saber si este estaría dispuesto a dejar Perú para ir a vivir con él. «No te preocupes, Ignacio, que tú y yo nos mantendremos siempre en contacto. Cada vez que yo viaje a Madrid procuraré pasar por Panamá y tú también vendrás a verme acá. Si todo sigue bien, es posible que después de mi retiro acepte una invitación para compartir contigo lo que me reste de vida».

La mina de oro resultó aún más rica de lo que el joven De la Torre había previsto y en menos de dos años los libros de la compañía arrojaban una ganancia aceptable que produjo una considerable mejora en la economía personal de Ignacio. Cinco años más tarde, siguiendo su consejo, los inversionistas compraron otra mina de oro y le permitieron adquirir un nuevo paquete de acciones, equivalente al veinte por ciento de la empresa. Cuando el deterioro de la situación política del país determinó que los accionistas mayoritarios pusieran a la venta su participación en la empresa minera, Ignacio aprovechó la coyuntura para formar su propio grupo de inversionistas y adquirir ambas minas con la ayuda de los bancos. Quince años después de haber arribado a Panamá, país que acababa de recuperar su posición geográfica de manos de Estados Unidos, dando inicio a un período de prosperidad sin precedentes, Ignacio de la Torre era ya el principal accionista de un grupo económico que controlaba, además de minas de oro, una empresa de construcción, dos cementeras, una aseguradora y varias compañías encargadas de desarrollar proyectos inmobiliarios. Además, aprovechando la caída de los precios durante los últimos años de la dictadura militar, había invertido sumas importantes en bienes inmuebles cuyo valor se había multiplicado varias veces. José de la Torre visitaba a su hijo adoptivo por lo menos una vez al año para celebrar el éxito de sus negocios, aunque Ignacio nunca pudo convencerlo de aceptar algún cargo en sus empresas que le permitiera quedarse en Panamá para siempre.

Antes de cumplir cuarenta años, Ignacio se casó con una aeromoza a la que había conocido en uno de sus frecuentes viajes. Emilia Rendón era una mujer de buen ver, diez años menor que él, y del matrimonio nacieron, con un año de diferencia, una hija, María Eugenia, y un varón, Fernando. Ignacio, que nunca había olvidado la soledad de su infancia y adolescencia, deseaba una familia numerosa, pero dificultades surgidas durante el último embarazo impidieron a Emilia concebir más hijos.

A pesar de su ingente fortuna, De la Torre era un hombre de costumbres sencillas. No pertenecía a ningún club cívico o social y cuando donaba dinero a alguna obra de caridad lo hacía anónimamente. La familia vivía con comodidad, pero sin ostentación, en uno de los nuevos barrios de la capital y, durante las vacaciones escolares, los hermanos De la Torre Rendón, que asistían a una escuela privada, se trasladaban en compañía de su madre a una hermosa finca adquirida por Ignacio en la región montañosa de la provincia de Chiriquí. Le habían dado el nombre de Los Susurros por el permanente rumor de los varios riachuelos de corrientes saltarinas que arrullaban de noche el sueño de la familia De la Torre. A lo largo de los tres meses de las vacaciones escolares, Ignacio procuraba escaparse del trajín empresarial para pasar el mayor tiempo posible disfrutando de la vida bucólica en compañía de los suyos. Padre e hijo escalaban montañas y recorrían luego las riberas de los ríos en busca de algún meandro de aguas claras donde refrescarse. Con el tiempo y la práctica Ignacio y Fernando también se volverían expertos en sortear en kayaks los rápidos del río Chiriquí Viejo, uno de los más caudalosos del área. La felicidad de aquellas vacaciones veraniegas se vio interrumpida cuando llegó la hora de que los hijos adolescentes viajaran a concluir sus estudios en Estados Unidos. Fernando optó por la carrera de Economía y Finanzas, mientras María Eugenia, menos apegada a las cosas materiales, se decidió por la de Filosofía y Letras. Para entonces, Fernando y María Eugenia no podían ser más diferentes. Fernando, de mediana estatura y fornido, producto del tenis y de su afición al gimnasio, había heredado las facciones regulares y los ojos castaños y profundos de la madre. María Eugenia, en cambio, achaparrada y regordeta, era introvertida como su padre, de quien también había heredado la mirada triste y apagada. Aunque ambos eran buenos estudiantes, María Eugenia, cuya vida social era casi nula, obtenía siempre mejores calificaciones que su hermano.

Faltando un año para que ambos concluyeran sus estudios universitarios, ocurrió la tragedia que volvería a sumir a Ignacio en una soledad aún más terrible que la de sus primeros años de orfelinato. Emilia, que apenas contaba cincuenta y dos años y jamás había padecido enfermedad alguna, falleció víctima de un ataque cardíaco fulminante. Pocos dolientes acompañaron a los De la Torre durante las honras fúnebres. Aparte de Ignacio, de sus hijos, de los familiares de Emilia, de unos cuantos amigos y de José de la Torre, que viajó desde Arequipa, la gran mayoría de los asistentes eran colaboradores y empleados de las empresas de Ignacio. Fue durante la misa de difuntos que Fernando y María Eugenia cayeron en cuenta de que, a pesar de la fortuna acumulada por su padre y de la importancia de sus empresas, los hermanos De la Torre, hijos de un inmigrante español y de una azafata, se hallaban marginados de la élite social del país. En el avión que los llevó de vuelta a Estados Unidos, Fernando convenció a su hermana de la necesidad de poner fin a su condición de parias sociales tan pronto terminaran sus estudios.

Al cumplir sesenta años, Ignacio de la Torre era ya accionista único de todas sus empresas y uno de los empresarios más importantes y acaudalados del país, realidad que, dada su austeridad y modestia, únicamente conocían los integrantes del círculo más íntimo de sus colaboradores. Ni siquiera Fernando y María Eugenia sabían, realmente, a cuánto ascendía la fortuna de su padre. Ignacio presidía las juntas directivas de sus empresas, de las cuales mantenía un férreo control, y contaba con un grupo de administradores profesionales, muy bien remunerados, responsables del manejo diario de cada una de ellas. Aunque rehuía los actos sociales y procuraba no rozarse con la clase política, su multiplicidad de intereses y las inevitables relaciones de algunas de sus empresas con el Estado determinaban que cada vez que el país se abocaba a un nuevo proceso electoral los candidatos a puestos de elección acudieran a pedirle aportes para sus campañas. Decidido a mantener la neutralidad política, Ignacio reservaba, cada cinco años, una suma de dinero que procuraba repartir equitativamente entre varios de los aspirantes a cargos de elección popular, sistema que lo ayudaba a continuar desarrollando sus empresas sin interferencias de los gobiernos de turno. La clase política panameña tenía a Ignacio de la Torre como un empresario ejemplar que cumplía cabalmente con sus obligaciones cívicas.

Cuando Fernando completó los estudios de Economía con una maestría en Procesos Cibernéticos, Ignacio lo designó como miembro de las juntas directivas en cada una de sus empresas, habilitó para él un despacho junto al suyo y lo nombró director adjunto del Conglomerado De la Torre, S.A., (Cotosa), sociedad propietaria de todas las acciones de las empresas del grupo. Su mayor anhelo, y así se lo hizo saber al hijo el día que inició sus labores, era retirarse del manejo de las empresas tan pronto Fernando estuviera listo para remplazarlo. «Tú eres quien me va a permitir, finalmente, sentarme a meditar sobre la vida y la muerte, a leer, a escuchar música, a aprender a tocar algún instrumento musical y mantener un contacto más estrecho con la naturaleza, que son las cosas que más disfruto».

Para complacer a María Eugenia, que desde niña había mostrado un interés especial por la enseñanza y se había doctorado en Literatura, Ignacio adquirió para ella una de las tantas universidades privadas que funcionaban en el país. En poco tiempo, gracias a la sustancial inyección de recursos económicos, la Universidad Privada Internacional se convirtió en la mejor acreditada del país, con un incremento constante de matrículas. María Eugenia fungía como presidenta y además, durante un semestre, ejercía la cátedra de Literatura Latinoamericana Contemporánea.

Fernando no había olvidado su determinación de introducir el apellido De la Torre en la alta sociedad capitalina. Como primer paso, se afilió al Club Rotario y convenció a María Eugenia de ingresar a las Damas Voluntarias del Hospital del Niño. Allí conocieron y trabaron amistad con familias de la más rancia alcurnia y poco a poco consiguieron ser invitados a sus fiestas y reuniones. Muy pronto aquellas organizadas por los hermanos De la Torre se convirtieron en las más espléndidas y concurridas. Pero como todavía las puertas del Club Unión, el más exclusivo del país, permanecían cerradas para ellos, decidieron que era hora de que su padre se presentara como candidato, abriéndoles a ellos la posibilidad de ingresar posteriormente en su calidad de hijos de socio. «No me gustan los clubes elitistas», había respondido Ignacio, contrariado. «Además, nunca me he preocupado por propiciar ese tipo de relaciones, que en el fondo son fútiles porque obedecen únicamente al interés de pertenecer a un sitio exclusivo y excluyente. Si encuentran un club destinado a exaltar el trabajo, entonces sí que aplicaría para entrar». Había mordacidad en las palabras de Ignacio, que aprovechaba cualquier oportunidad para transmitir a sus hijos los valores éticos que regían en él y que había mantenido con congruencia a lo largo de su ascenso económico. «Pero papá», argumentaba Fernando, «desde que tú llegaste a este país los tiempos han cambiado y el éxito del que siempre hablas puede surgir también del roce con la clase de gente que frecuenta el Club Unión». Y María Eugenia había añadido, aunque sin mucho entusiasmo, que allí también podrían conocer a sus futuros cónyuges. «Además, estoy segura de que mamá habría estado de acuerdo con nosotros». Como ocurría frecuentemente cuando se trataba de complacer a sus hijos, sobre todo si invocaban el nombre de la madre fallecida, Ignacio cedió. «La única condición que les pongo es que se aseguren de que no me vayan a rechazar. No son nada raros los casos de empresarios que han triunfado en los negocios y fracasado en la vida social, debido, en gran parte, al sentimiento de envidia injustificada que su éxito suscita».

Para sorpresa de los De la Torre, no fue necesario desplegar una gran campaña para lograr la aceptación de Ignacio como socio del Club Unión. «Ya era hora de que uno de los hombres más ricos del país se decidiera a ser miembro de nuestro círculo social», había exclamado, ufano, el presidente de la junta directiva al enterarse de que el progenitor de los hermanos De la Torre había presentado finalmente su solicitud de ingreso al club. Una vez aceptado Ignacio, Fernando y María Eugenia lo llevaron a visitar las lujosas instalaciones en las que nunca antes había puesto pie, ni siquiera en calidad de invitado. «Todo muy bonito», dijo a sus hijos cuando terminó el recorrido, y nunca más regresó.

Un par de años después, los hermanos De la Torre contraían nupcias con socios del club del que ahora formaban parte. Fernando desposó a Irene Holguín, la más hermosa, alegre y popular de las muchachas de su generación, y, menos de un año después, le siguió María Eugenia, quien se casó con Antonio Almanza, cuya fama de intelectual lo distinguía de los demás integrantes de su círculo social. Aunque los apellidos Holguín y Almanza pertenecían a estirpes de vetusto abolengo, Antonio e Irene tenían en común haber visto menguar la fortuna familiar gracias al derroche y mala administración de la tercera generación, que era la de sus padres. Irene y Fernando no tuvieron descendencia y antes de cumplir cinco años de casados decidieron divorciarse de mutuo acuerdo. Fernando porque Irene no mostraba ningún interés en tener hijos que la privaran de divertirse mientras aún gozaba de juventud y lozanía; Irene porque a Fernando solamente le gustaba trabajar y estar al lado de su padre. Fernando no había vuelto a casarse y pronto se convirtió en uno de los solteros más codiciados del país. En su discreto mariposeo había dejado a unas cuantas novias desilusionadas y se rumoraba que todavía seguía enamorado de su exesposa, en cuya compañía se le veía a menudo. María Eugenia y Antonio, quien después del matrimonio se había encargado de la dirección de la Universidad Privada Internacional, tuvieron tres hijos, dos gemelos varones y una niña, que los ayudaron a consolidar la unión matrimonial.

A petición de su padre, María Eugenia había designado padrino de uno de los gemelos al abuelo peruano, pero este no pudo asistir al bautizo porque ya para entonces sufría de un caso severo de fibrosis pulmonar que pocos meses después acabaría con su vida. Ignacio y sus hijos alcanzaron a llegar al lecho de enfermo de José de la Torre a tiempo para despedirse de él y para acompañar a los pocos dolientes que acudieron a las honras fúnebres. Contemplando el féretro, Ignacio tuvo plena conciencia de que no había sido un buen hijo. Él, que todo se lo debía a su padre adoptivo, ni siquiera se había enterado de cuán grave era la enfermedad que desde hacía algunos años lo aquejaba. «Hasta que nacieron ustedes, fue el único ser que realmente me quiso», confiaría a sus hijos en el avión privado que los llevaba de regreso a Panamá. «Ocurre con frecuencia en la vida de todo individuo, que de pronto aparece un ser con el cual estaremos después perpetuamente en deuda, y a quien nunca terminamos de agradecer lo suficiente. Ese fue para mí José de la Torre, más que un padre adoptivo, mi verdadero padre. Siempre me acompañará el dolor de no haberlo amado tanto como él se merecía».

Capítulo 3

Tan pronto comenzó a laborar con su padre, Fernando se había propuesto demostrarle que tenía la preparación, la disciplina y el amor por el trabajo necesarios para ocupar algún día su lugar frente al consorcio empresarial. Pero la visión y los métodos del hijo diferían mucho de los adoptados por Ignacio para el manejo de sus negocios.

Ignacio sentía una necesidad instintiva de tener la última palabra en todas las decisiones importantes que se tomaban en sus empresas y controlaba personalmente el flujo de dinero en las cuentas de los bancos locales y extranjeros donde Cotosa mantenía fondos sustanciales. Para Fernando, que creía en la delegación de responsabilidades, el excesivo control que ejercía su padre constituía un lastre en la toma de decisiones trascendentales. Joven y ambicioso, Fernando era más impetuoso y estaba dispuesto a arriesgar más. Consideraba que la ética que pregonaba su padre era un resabio de otros tiempos, de cuando el mundo aún no se había globalizado y los gobiernos no incidían tanto en el desarrollo de las economías, convencimiento que lo impulsaba a acercarse a los mandatarios en turno en busca de oportunidades de negocio más cuantiosas y lucrativas. Cansado de explicarle a su hijo que el apego a las normas morales constituía parte esencial de su credo empresarial, Ignacio aprovechó la última iniciativa de Fernando para poner un alto definitivo a las pretensiones de su futuro sucesor. Lo hizo venir a su despacho, lo sentó frente a su escritorio y le dijo, sin mayor preámbulo, que el negocio que estaba empeñado en desarrollar en sociedad con el gobierno para construir una hidroeléctrica en el occidente del país, no contaba ni contaría nunca con su aprobación. «En mis empresas ya no buscamos contrataciones con el Estado, a menos que sean inevitables para desarrollar algún negocio existente». Fernando trató de explicar que el asunto con el Ministerio de Energía y Minas, de reciente creación, estaba muy adelantado y que no había nada pecaminoso de por medio. «La ponzoña de la corrupción», sentenció Ignacio, en un tono que no admitía réplica, «aparece invariablemente cuando se entra en arreglos con los gobiernos. Además, en cualquier negociación el gobierno lleva las de ganar porque cuenta con recursos de los que no dispone la empresa privada. En una pelea con el gobierno la empresa privada siempre sale perdiendo. El tema no se discute más».

Era la primera vez que Fernando sentía el peso de la autoridad de su padre en la empresa y su reacción fue, en un principio, más de asombro que de resentimiento. Pero después de aquel día quedó convencido de que su padre se había estancado, sin remedio y para siempre, en otra época. Si bien era cierto que había construido un complejo económico importante, su ambición se había agotado y se conformaba con desarrollar sus negocios dentro de las fronteras del país para mantener, así, un mejor control. Fernando, en cambio, veía el gran potencial que se abría en el campo internacional con los tratados de intercambio comercial y se había impuesto como meta lograr que Cotosa se convirtiera en uno de los consorcios económicos más importantes del área. Abrir el compás de las contrataciones con los gobiernos, el de su propio país y los de otros países de la región, era una de las estrategias que tendría que esperar a que su padre aflojara las riendas de su imperio y accediera a flexibilizar las normas éticas que había impuesto.

Pero a pesar de que Ignacio de la Torre seguía sin aceptar la laxitud que prevalecía en los principios éticos de su hijo, estaba convencido de que el futuro heredero tenía las cualidades necesarias para remplazarlo algún día al frente de las empresas. Fernando poseía un innato don de mando, sabía delegar responsabilidades cuando resultaba conveniente y comprendía que el rol de un presidente ejecutivo en empresas multidisciplinarias a veces pasaba por la necesidad de dedicar tiempo, inteligencia y esfuerzo a equilibrar los egos de sus colaboradores más valiosos. Poco a poco, Ignacio había ido cediendo el mando a su hijo y cada vez eran más frecuentes sus escapadas a Los Susurros para bajar rápidos, escuchar música o entregarse a la lectura.

Fue durante el último de los viajes de Ignacio de la Torre a su refugio bucólico que estalló el escándalo y ocurrió la tragedia que cambiaría para siempre la vida de la familia De la Torre. En una nota publicada por un tabloide de la capital se comentó que un conocido empresario, de intachable reputación, muy pronto sería objeto de una denuncia por el delito de pederastia en contra de una niña de catorce años. De la nota el rumor pasó al día siguiente a las páginas noticiosas del mismo diario amarillista, todavía sin revelar el nombre del «respetable» empresario. «Escándalo a la vista», rezaba el titular de la noticia de *El Sol*, y en el contenido se explicaba que una fuente confiable había revelado al periódico, bajo condición de reserva de su nombre, que los abogados de la madre de una menor se encontraban a punto de terminar de recoger las evidencias necesarias para presentar una querella penal en contra de uno de los hombres más ricos e influyentes del país. «Aunque las disposiciones legales nos impiden revelar el nombre de la menor —señalaba la noticia— en breve estaremos en condiciones de informar a nuestros lectores quién es el empresario. Como bien dice el refrán, no es oro todo lo que reluce».

Tres días después de aparecida la noticia, hacia las cinco de la tarde, Fernando recibió una llamada de Santiago Serracín, cuidador de Los Susurros, informándole que esa mañana, como de costumbre, había llevado a su padre a remar y bajar rápidos y que después había ido a esperarlo con la camioneta al sitio donde siempre terminaba el recorrido, pero que nunca llegó. Creyendo que tal vez había decidido remar un poco más, había ido a buscarlo río abajo sin dar con él. «Pregunté a los moradores del área pero ninguno ha visto a don Ignacio». Fernando quiso saber si había avisado a la policía. «No me atreví, señor». Tan pronto cortó con Santiago, llamó enseguida al cuartel de policía del área para reportar la desaparición de su padre y luego avisó a su hermana María Eugenia lo que estaba ocurriendo. Al amanecer del día siguiente los De la Torre se trasladaron a El Volcán, el poblado más cercano a Los Susurros, y se dirigieron al cuartel para averiguar si había alguna novedad. Bastó la expresión en el rostro del capitán que los recibió, para comprender que las noticias no eran buenas.

—Acaban de reportarme —dijo el oficial— que encontraron el kayak de su padre en uno de los recodos del río, unos cuatro kilómetros después de los rápidos. Ayer mismo iniciamos una búsqueda...

—¿Qué piensa usted que ocurrió? —interrumpió María Eugenia.

El policía intercambió miradas con los hermanos antes de responder.

—Tres escenarios son posibles: o su señor padre sufrió un accidente, o fue asesinado o fue víctima de un secuestro. —El policía hizo una pausa deliberada—. ¿Tenía el señor De la Torre algún enemigo que lo odiara tanto como para intentar asesinarlo?

—Mi padre —respondió enseguida María Eugenia— es un hombre muy bueno que nunca ha hecho daño a nadie.

—Lo que dice mi hermana es muy cierto, capitán. Ignacio de la Torre es un hombre de negocios ejemplar que siempre ha procurado ayudar a los más necesitados. Es un verdadero filántropo.

—No lo dudo, señores. Además, aunque no podemos descartar nada, las circunstancias que rodearon el hecho apuntan más hacia un secuestro. Su padre es un hombre muy rico, se encontraba solo en el río y lleva ya más de doce horas desaparecido.

—Fue lo primero que pensé cuando el encargado de la finca me llamó para informarme lo ocurrido —dijo, pensativo, Fernando—. Sin embargo, el kayak volteado en un recodo del río, que puede contener huellas u otro tipo de evidencias, apunta más bien hacia un accidente. ¿No cree usted?

—Eso depende de cuánta resistencia hubiera ofrecido su padre y cuán profesionales sean los secuestradores —respondió el capitán.

—¡Hablan ustedes como si ya lo del secuestro fuera un hecho! —exclamó María Eugenia, que hacía un esfuerzo por reprimir las lágrimas—. En lugar de estar aquí hablando deberían estar buscándolo antes de que sea demasiado tarde.

—Créame, señora, que desde que supimos de la desaparición de su padre enviamos una cuadrilla en su búsqueda. Así fue que dimos con el kayak. Pero, como dije, no podemos descartar nada. Tan pronto lleguen los miembros de la unidad de secuestro comenzaremos a interrogar a los moradores de la región en busca de posibles pistas. Ustedes deben entrevistarse con el oficial a cargo de la unidad y acordar con él de qué manera procederán en caso de que los posibles secuestradores establezcan contacto.

—Yo estoy segura de que mi padre sufrió un accidente —insistió María Eugenia—. En lugar de perder tiempo…

—El capitán tiene razón, hermana —cortó Fernando—. No podemos descartar nada, así es que esperaremos a ver si alguien nos llama y nos pide un rescate. Mientras tanto, tomaremos las medidas necesarias para iniciar la búsqueda por nuestra parte.

Antes de retirarse del cuartel, Fernando entregó al oficial una tarjeta de visita en la que anotó el número de su celular.

—Le ruego avisarme si hay alguna novedad a uno de estos números.

Pero nunca se recibió llamada alguna solicitando rescate y la búsqueda de Ignacio de la Torre resultó infructuosa. Durante dos semanas de intensa actividad, un equipo especial traído de Estados Unidos por los hermanos De la Torre peinó las riberas del río Chiriquí Viejo a lo largo de su recorrido hasta el mar, sin ningún resultado. Igual ocurrió con las naves y helicópteros contratados para explorar la costa y las aguas del litoral Pacífico: Ignacio de la Torre había desaparecido. El informe levantado por la policía concluiría que el difunto había tenido un accidente mientras bajaba los rápidos del río Chiriquí Viejo y que probablemente su cuerpo sin vida había sido arrastrado hasta el mar, donde los tiburones, que abundaban en la desembocadura, habrían dado cuenta de sus restos. Pero los hermanos De la Torre, sobre todo María Eugenia, se negaban a aceptar la tesis oficial. Su padre jamás se aventuraba por rápidos que no pudiera sortear, siempre utilizaba un chaleco salvavidas y un casco, además de llevar consigo un celular provisto de un dispositivo que, en caso de cualquier accidente, emitía una señal que marcaba el sitio exacto en el que se encontraba. Resultaba muy extraño que nada de eso hubiera aparecido.

Añadiendo vergüenza al dolor, dos semanas después de la desaparición de Ignacio de la Torre, el tabloide *El Sol*, diario amarillista que había lanzado la noticia del empresario involucrado en un caso de pederastia, volvió al ataque. Esta vez iba más lejos y las notas de chismes sugerían que el empresario mencionado en ediciones anteriores había preferido desaparecer misteriosamente del mapa antes de enfrentar una querella penal y el posterior escarnio público por tan horrendo crimen. Esa misma mañana, el director de relaciones públicas de Cotosa, Víctor Segura, llamó a Fernando y le pidió autorización para averiguar el origen del infundio y tratar de acallar al diario antes de que el rumor tomara vuelo. Pero no hubo tiempo de que Segura actuara. Al día siguiente, la escandalosa noticia ocupaba toda la primera plana del tabloide. Bajo el titular «¿Se esfumó famoso empresario para evitar la cárcel?», se leía, en letras gruesas: «Ignacio de la Torre, el más acaudalado de los empresarios del país, ha sido acusado formalmente del delito de pederastia en perjuicio de la hija menor de su secretaria privada. Estamos en condiciones de informar que la madre de la pequeña formuló la gravísima acusación ante la Fiscalía de Menores. Se ignora el paradero del señor De la Torre». Fernando no había terminado de leer la noticia cuando recibió en su celular la llamada de María Eugenia.

—¿Has visto la canallada con que se ha salido ese periodicucho? —María Eugenia hablaba sin su acostumbrada parsimonia—. ¿Cómo puede haber gente tan malvada, irresponsable y sinvergüenza, capaz de mentir con tanto descaro sin importarle el dolor ajeno?

—Ya estoy tratando de detener esta infamia. ¿Qué sabes tú de Aurora, la secretaria de papá?

—A mí nunca me gustó; me parecía aprovechada e hipócrita. Las veces que traté de decírselo, papá me respondía que Aurora era una secretaria muy eficiente y leal. Ya ves cuán equivocado estaba.

—Más bien me refería a si conoces algo de su vida familiar.

—Sé que está divorciada y solamente tiene una hija, Aurorita, la supuesta víctima.

—A la que papá, entre otras cosas, le costeaba la educación —acotó Fernando.

—No solo eso. La trataba como una hija. Cría cuervos que te sacarán los ojos. ¿Cómo puede mentir así?

—Es lo que estoy tratando de averiguar. Déjame ver qué me dice Víctor Segura y te llamo después.

Segura, director de relaciones públicas del grupo empresarial Cotosa desde hacía muchos años, era un profesional de reconocido compromiso y eficiencia. Alto, delgado, elocuente, de maneras suaves y rostro agradable, había ejercido como periodista en varios rotativos y conocía muy bien cómo se cuecen las habas en los medios de comunicación. Además, las viejas amistades que cultivaba con esmero le daban acceso a las profundidades de la mayoría de ellos, *El Sol* incluido. La mañana que apareció la noticia se presentó temprano en la oficina de Fernando.

—Estaba por llamarte, Víctor. Ahora la cosa es mucho más grave. ¿Pudiste averiguar algo?

—No mucho, jefe. —El tratamiento, nuevo para Fernando, resonó agradablemente en sus oídos—. Sé que los cargos ya fueron presentados ante la Fiscalía de Menores, de donde los reporteros de *El Sol* recogieron la noticia. Esta tarde tengo concertada una cita con uno de mis viejos compinches para investigar qué tiene el diario contra tu padre y sus empresas.

—Por supuesto que no es el diario, sino su dueño, Eligio Garcés, que es un tipo absolutamente amoral por quien papá sentía un profundo desprecio.

—Tal vez por allí venga la cosa, jefe. En la campaña política que acaba de terminar, Garcés no logró ser reelegido como diputado.

—Es un ángulo importante. Avísame tan pronto sepas algo.

Cuando el gerente de relaciones públicas abandonó el despacho, Fernando mandó a llamar a Justo Arellano, el abogado interno de las empresas.

—Entiendo —le dijo en el teléfono— que la antigua secretaria de mi padre, Aurora Rodríguez, ha presentado contra él una querella en la Fiscalía de Menores. Trata de averiguar de qué se trata exactamente y qué piensa hacer el fiscal.

—Yo ya estuve indagando después de que leí el periódico, don Fernando. —Otro tratamiento que tampoco disgustó al joven De la Torre—. Aunque el sumario es secreto, puedo asegurarle que ningún proceso puede concluir sin la notificación y comparecencia del querellado, en este caso su padre.

—¿Entonces? Todo el mundo en este país sabe que él está... desaparecido.

—Evidentemente se trata de un intento de chantaje en perjuicio de la familia o de las empresas de don Ignacio. Investigo y le cuento.

—No hace falta decirte que seas lo más discreto posible.

—Pierda cuidado. La discreción es una de las pocas cualidades que aún adornan a los abogados.

Al final de la tarde, los hijos de Ignacio de la Torre se reunieron en la oficina de Fernando para analizar de qué manera enfrentarían el escándalo. Después de dar a luz a los gemelos, las curvas habían desaparecido por completo de la silueta de María Eugenia, quien ahora acostumbraba vestir con batas de diversos colores que la cubrían del cuello a los pies. «Es como si quisiera gritar que no le importa un comino lo que piensan los demás», pensaba Fernando, que desde hacía mucho tiempo había renunciado a hablarle a María Eugenia de su apariencia. Una vez se atrevió y ella había respondido con un desplante que, a diferencia de él, ella era de aquellas personas que se preocupaban más por las cosas espirituales que por las materiales. Tras la desaparición de su padre, María Eugenia seguía utilizando colores llamativos como para convencer a quienes se topaban con ella de que Ignacio de la Torre no había muerto. Esa mañana, mientras Fernando, siempre preparado para cualquier eventualidad o reunión imprevista, vestía impecablemente de saco y corbata, su hermana llevaba una bata muy holgada en la que se combinaban, sin armonía alguna, el rojo, el verde, el amarillo y el azul.

—¿Has podido averiguar algo más? —preguntó María Eugenia con su lentitud acostumbrada, al tiempo que se dejaba caer en una silla.

—No mucho, en realidad. Hablé con Víctor y con Justo; espero que mañana me informen del porqué de la campaña de *El Sol* y del estado de la acusación contra papá.

—Todo esto me huele a chantaje.

—Es lo que pensamos. Sin embargo, no creo que ni el periódico ni Aurora se atrevan a tanto sin alguna evidencia que sustente la acusación.

—¿Estás sugiriendo que papá era pederasta? —preguntó, indignada, María Eugenia.

—Por supuesto que no. Pero la acusación existe y tenemos que averiguar la causa. Alguien debe hablar con Aurora.

—Ese alguien no soy yo. Y creo que tú tampoco te debes rebajar. Dile al abogado que lo haga él.

Fernando comenzó a jugar con el bolígrafo, gesto nervioso que María Eugenia conocía perfectamente desde que asistían a la escuela.

—No sé, no sé —dijo finalmente—. Este no es un caso que pueda tratar Arellano, que está aquí para asuntos legales rutinarios. Tendríamos que pedirle a algún socio de la firma de Rebolledo que la entreviste, aunque me temo que dar el primer paso podría ser interpretado como una señal de debilidad.

—Eso depende —dijo María Eugenia sin alterar la monotonía en la inflexión de la voz—. El mensaje, que debe llevar el propio Julio Rebolledo, se limitaría a advertirle que si persiste en sus acusaciones la perseguiremos hasta la quinta generación.

—Déjame ver qué noticias me traen el de relaciones públicas y el abogado antes de volver a reunirnos. Creo que por ahora lo prudente es que nuestro abogado interno trate de evitar que la acusación trascienda más allá de la familia y de la empresa. —Fernando hizo una pausa y volvió a jugar con el bolígrafo—. Existe otro asunto muy importante que tenemos que resolver: papá desapareció hace más de dos semanas y las empresas andan un poco al garete. No hace mucho él me habló de un plan para sucederlo, cuya ejecución iniciamos pero no pudimos cumplir. A raíz de su desaparición yo me he encargado de la dirección de los negocios con el apoyo de la junta directiva y de todos los vicepresidentes y gerentes, pero hay formalidades que atender, poderes de firma en los bancos, autorización para negociar contratos y muchos otros asuntos de los que se encargaba papá directamente. Voy a pedirle a la firma de Rebolledo que busque una solución legal que nos permita superar la situación. Ya me han dicho que como papá era el único accionista de la sociedad que controla todas las empresas del grupo tenemos que buscar una solución en la que no sea necesario recurrir a reuniones de accionistas. Aunque no es seguro, pareciera que papá no otorgó testamento, así es que tú y yo heredaríamos sus bienes en partes iguales, pero para ello tenemos que esperar a que transcurran cinco años desde la fecha de su desaparición, momento a partir del cual podremos pedirle a los tribunales que lo declaren legalmente muerto e iniciar el juicio de sucesión. Se me ocurre que...

—Me sorprende que hables así, Fernando —interrumpió María Eugenia, dolida—. ¿Cómo puedes ser tan frío? Yo sigo creyendo que en cualquier momento papá entrará por esa puerta para explicarnos lo que ocurrió.

—No hablo solamente como hijo de Ignacio de la Torre sino como responsable de un imperio económico del cual dependen más de cuatro mil familias. ¡Qué más quisiera yo que papá estuviera vivo! Pero, mientras se aclara el misterio, las empresas deben seguir pagando préstamos a los bancos, cobrando y depositando sus ingresos, distribuyendo dividendos, canalizando donaciones a entidades de beneficencia. Todos los días se presentan situaciones nuevas que atender y decisiones que tomar. En fin, María Eugenia, aunque papá estuviera solamente ausente, las empresas deben seguir funcionando.

—Haz lo que mejor te parezca, Fernando —dijo María Eugenia, levantándose lentamente de la silla. Ya en la puerta, se dio media vuelta y añadió—: lo único que te pido es que no pierdas la esperanza de que papá aún esté vivo.

Pero Fernando ya estaba convencido de que, tal como afirmaba el informe de la policía, su padre había fallecido en los rápidos del río Chiriquí Viejo y su cadáver había sido devorado por los tiburones. El chaleco salvavidas, el casco y cualquier vestigio de sus vestimentas flotarían en la inmensidad del océano Pacífico, sin posibilidades de encontrarlos. En más de una ocasión él le había advertido que a su edad no era prudente actuar como si aún tuviera veinte años, pero lo único que había logrado era la promesa de que solamente remaría en los rápidos durante la estación seca, cuando los ríos bajan más tranquilos y con menos caudal. El día de su desaparición marcaba el inicio de la estación lluviosa y las lluvias siempre comenzaban en lo más alto de las montañas. Lo más probable es que su padre hubiera sido sorprendido por una corriente, consecuencia de un lejano e inadvertido aguacero. Comprendía la frustración de su hermana, pero él tenía responsabilidades urgentes que asumir. Aparte de llevar adelante los negocios, también se sentía obligado a investigar qué había detrás de las acusaciones de pederastia lanzadas por la secretaria privada de su padre. ¿Sería acaso posible que en un momento de debilidad ese hombre ejemplar hubiera flaqueado ante una pasión que hasta entonces había logrado reprimir?

Capítulo 4

Los recuerdos más vívidos que albergaba la memoria de Fernando habían girado siempre alrededor de su progenitor, sobre todo aquellos que arraigaron antes de partir rumbo a Estados Unidos para iniciar su carrera universitaria. Padre e hijo se habían aficionado a ascender juntos las cumbres más altas de las montañas que rodeaban Los Susurros. Cuando se internaban en la espesura, Ignacio, estudioso y amante de la naturaleza, mostraba y describía a Fernando algunos de los árboles y plantas que solamente lograban sobrevivir allí donde la civilización aún no había llegado. «Digo civilización entre comillas», se corregía él mismo, «porque acabar con los bosques primarios es exactamente lo opuesto a actuar civilizadamente». De la mano de su padre, Fernando conoció los helechos de montaña, las begonias gigantes, las orquídeas azul cobalto, los guayabos silvestres, los halcones peregrinos, los colibríes ermitaños, y decenas de otras especies de plantas y aves que, ahuyentados por la llegada de las motosierras, ávidas de maderas preciosas, poco a poco iban desapareciendo de los bosques. En cada excursión Ignacio hacía anotaciones que luego trasladaba al Diario de Hallazgos, que guardaba celosamente en el primer cajón de su escritorio en Los Susurros. El afán de aventuras llevó a Ignacio y a Fernando a recorrer ríos y riachuelos y a compartir la alegría de descubrir algún remanso en el que pudieran gozar de un refrescante chapuzón, lejos del torrente. De allí pasaron a observar los rápidos, en busca de algunos cuya turbulencia fueran capaces de sortear remando en inestables kayaks. El último verano, antes de la partida de Fernando rumbo a la Universidad de Chicago, habían descubierto las corrientes espumosas, a la vez apacibles y rebeldes, del río Chiriquí Viejo, y muy pronto padre e hijo compartían el orgullo de haberlas vencido. De vuelta en la cabaña, alrededor de la chimenea, Fernando, que aún no culminaba el tortuoso camino de la adolescencia, e Ignacio, que superaba ya las cincuenta primaveras, se felicitaban mutuamente por las proezas del día, exagerando a menudo los avatares de otra jornada en estrecho contacto con la naturaleza. María Eugenia, más interesada en la lectura que en cualquier actividad física, y Emilia, que aprovechaba su estancia en Los Susurros para tejer y conversar con su hija, intercambiaban miradas burlonas cuando los escuchaban alardear de sus aventuras.

Un mes antes de la desaparición de Ignacio de la Torre, después de una semana especialmente agitada y productiva, padre e hijo habían acordado que les vendría bien un pequeño descanso en la serranía chiricana. Llegaron a la cabaña de Los Susurros un sábado en la mañana y antes del mediodía llevaron con Santiago los kayaks al río Chiriquí Viejo. Aprovechando que el verano había disminuido un poco la fuerza de la corriente, Ignacio sugirió que iniciaran el descenso desde un poco más arriba que de costumbre, donde nunca se aventuraban en época de lluvia porque los rápidos se tornaban más encrespados y peligrosos. Aunque lograron completar el recorrido, Fernando se percató de que su padre ya no era el de antes. Tres veces se le había volteado el kayak y era notorio el enorme esfuerzo que hacía cada vez para enderezarlo. Adelantándose a cualquier recriminación de su hijo, al culminar el trayecto Ignacio había aseverado que en adelante solamente remaría en sitios más amigables. «Y además espero que nunca lo hagas solo», le había advertido Fernando, mientras terminaban de sacar los pequeños botes del agua.

Esa noche, sentados frente a la chimenea en la tibia soledad de la cabaña, mientras escuchaban el rumor de los riachuelos y se deleitaban con sendas copas de coñac, Ignacio informó a su hijo, con algo de solemnidad, que muy pronto se retiraría definitivamente de los negocios. Fernando recordaba cada detalle de aquella conversación.

—Me retiro porque, así como hoy no pude dominar los rápidos en el río, creo que el desarrollo vertiginoso de las empresas también ha superado ya mis capacidades. He llegado a la conclusión de que tal vez tengas razón cuando dices que vivo en el pasado y que los negocios no se pueden manejar con criterios de antaño.

Fernando colocó la copa de coñac sobre la mesa de centro y se quedó mirando a su padre.

—No creo que debas retirarte todavía, papá; las empresas aún te necesitan. Pero, si insistes, podemos planificar una transición ordenada que no afecte la evolución de los negocios.

—La transición comenzó el día que llegaste a trabajar en la empresa y es hora de culminarla. Es obvio que aunque yo todavía sigo manteniendo el control, en las decisiones del día a día tú tienes cada vez más injerencia. —Ignacio apuró lo que quedaba de coñac en su copa—. Tienes treinta y dos años, la misma edad que tenía yo cuando adquirí el control de la empresa minera que fue la semilla de Cotosa, y cuentas con una mejor preparación académica. Tan pronto regresemos a la oficina, formaré un equipo que nos ayude a establecer una ruta crítica, como dicen hoy, detallando los pasos necesarios para que tú quedes al frente de todo. Tal vez en tres meses podemos concluir el proceso.

—Francamente me has sorprendido, papá. Esperaba sucederte algún día, pero no tan rápido. Espero por lo menos que te quedes a mi lado hasta que yo adquiera la experiencia que todavía me falta para llevar las empresas por buen camino.

Ignacio se inclinó y colocó su copa vacía junto a la de su hijo.

—¿Y qué crees que te hace falta, hijo?

—No sé. Dímelo tú.

Con una ligera sonrisa en los labios, Ignacio se quedó mirando a Fernando antes de ir por más coñac.

—¿Te sirvo a ti?

—No gracias, papá.

De vuelta en su asiento, Ignacio reclinó el respaldo de su sillón y comenzó a hablar, la mirada vagando en la armazón de madera del techo.

—Hay algunos temas en los que sé que nunca nos pondremos de acuerdo porque está de por medio, entre otras cosas, la brecha generacional, que en estos tiempos de continuos avances tecnológicos parece profundizarse día a día. El primero, y el más importante, es el de la ética en el manejo de los negocios. Según solía decirme tu abuelo inca, nuestra condición de huérfanos en busca de un hogar nos hizo actuar, a él y a mí, como si alguien estuviera siempre vigilándonos. Lo cierto es que José de la Torre, mi padre adoptivo, fue un hombre de una rectitud incomparable, cuya mayor ambición en la vida era la de dar con la veta de oro más rica de Perú. «Para eso vine al mundo», solía decir. Los estudios que realizó no hicieron más que perfeccionar un don natural con el que había nacido. Yo, en cambio, estudié para encontrar oportunidades de negocio donde algunos veían solamente problemas y en ese camino acumulé una fortuna jamás imaginada. Es probable que como al principio mis negocios caminaban, financieramente, en una cuerda floja, yo me obligaba a apegarme más allá de lo necesario a la ley y a las normas morales, actitud que después se convirtió en una costumbre inevitable. En treinta y cinco años jamás he tenido siquiera un roce con la justicia.

Fernando comenzaba a decir algo pero Ignacio lo detuvo con un gesto de la mano.

—Déjame continuar, hijo. El segundo tema en el que diferimos, que tal vez se deriva del primero, es mi afán de controlarlo todo, que yo reconozco no es la mejor manera de dirigir una empresa tan grande y diversificada como Cotosa. Te confieso que lo hago, fundamentalmente, para poder dormir tranquilo. Entiendo y acepto que los tiempos han cambiado, que el mundo está mucho más interrelacionado y debemos convivir con culturas diferentes. Lo único que te pido es que si, como líder de las empresas, debes ser más flexible que yo, no te dejes llevar por el facilismo y el engaño disimulado y que mantengas controles adecuados cada vez que delegas una responsabilidad.

Padre e hijo permanecieron un largo minuto en silencio hasta que Fernando se levantó de la silla para abrazar a padre.

—Así lo haré, papá. Puedes contar con ello.

De regreso al trabajo, Fernando dejó transcurrir unos días antes de tocarle a su padre el tema de la sucesión en la empresa, discutido durante el fin de semana en Los Susurros. Ignacio lo había mirado con gesto inexpresivo, como si le hablara del conejo de la luna. «En realidad esta semana he estado sumamente ocupado, hijo. Después volvemos a hablar con calma». Pero el tema del retiro de Ignacio no volvería a surgir en las conversaciones entre padre e hijo.

Capítulo 5

—Los señores Segura y Arellano están aquí —anunció la secretaria.

—Haga pasar al señor Segura enseguida y dígale al abogado Arellano que lo llamaremos más tarde.

Aunque el tema legal era, sin duda, más grave que el de relaciones públicas, para Fernando resultaba más urgente evitar a toda costa que se propagara a otros medios, especialmente a la televisión, el escándalo anunciado por *El Sol*. Uno de los consejos de su padre había sido, precisamente, tratar de aparecer lo menos posible en los medios de comunicación. «A la larga siempre es dañino que tu nombre o el de tus empresas salgan en las noticias. Si hablan mal, desencadenan la maledicencia; si hablan bien, despiertan envidias innecesarias».

—Buenos días, jefe —saludó Víctor desde la puerta, interrumpiendo sus cavilaciones.

—Buenos días, Víctor. Pasa y siéntate, por favor. ¿Qué noticias me traes?

—Me temo que no son buenas. Según mis fuentes, las publicaciones de *El Sol* obedecen a un deseo de venganza de su propietario, Eligio Garcés. Parece que durante las últimas elecciones para diputado solicitó a tu padre una contribución para su campaña y don Ignacio no solamente se la negó, sino que le dijo claramente que él no apoyaba a chantajistas.

«Típico de mi padre», pensó Fernando. «Tal vez una simple negativa nos habría ahorrado todo este lío».

—¿Venganza o chantaje? —preguntó Fernando.

—Me temo que ambas cosas. Es bien sabido que Garcés utiliza el periódico, que lamentablemente tiene mucha circulación entre la gente del pueblo, para extorsionar a sus víctimas.

—Entre la masa y los de arriba hay poca diferencia cuando se trata de saborear una noticia escandalosa, capaz de enlodar reputaciones —comentó Fernando—. ¿De cuánto crees que estamos hablando? ¿Cuál es usualmente su precio?

La expresión de asombro en el rostro de Segura forzó una explicación de Fernando.

—No es lo que haría mi padre ni es nuestra primera opción, pero es necesario saber las expectativas del enemigo —aclaró Fernando de mala gana.

—En realidad lo ignoro. Es un tema muy delicado que habría que hablar directamente con Garcés. No sé si soy yo el indicado para hacerlo.

Fernando comenzó a darle vueltas al bolígrafo. A diferencia de su padre, que tenía fama de tomarse las cosas con calma, la paciencia no era una de sus virtudes y se esmeraba por resolver las dificultades tan pronto se presentaban. Cuanto más grave el problema, más rápido había que actuar. Para él no tenía sentido aquello de que a los grandes problemas había que darles tiempo de evolucionar y madurar antes de buscarles solución.

—Tienes razón, Víctor. Tal vez sea yo quien deba hablarle a Garcés. Trata de conseguirme una cita con él lo antes posible, en algún lugar discreto donde podamos encontrarnos sin suscitar conjeturas. Avísame tan pronto él confirme. Mientras tanto, envíame toda la información que tengamos sobre las sinvergüencerías del propietario de *El Sol*.

Víctor Segura iba a hacer un comentario sobre cómo habría procedido don Ignacio, pero decidió callar.

—Antes del mediodía lo tendrás sobre tu escritorio —prometió.

Tan pronto Segura salió de la oficina, Fernando pidió a su secretaria llamar al abogado Arellano.

A diferencia de Segura, Arellano era uno de esos seres que preferían pasar inadvertidos. Aunque poseía un amplio conocimiento de las leyes, carecía de ambición y se conformaba con el sueldo y la bonificación que desde hacía más de veinte años recibía trabajando detrás de un escritorio para el grupo Cotosa. Ignacio de la Torre había confiado siempre en su criterio jurídico y consultaba con él cualquier asunto legal que se presentara. A sus abogados externos, la firma de Rebolledo y Asociados, solamente acudía cuando el caso llegaba a los tribunales judiciales o administrativos. Fernando, en cambio, cada vez que se presentaba algún tema legal que escapaba a lo rutinario, llamaba en consulta a Rebolledo, que contaba con especialistas en cada rama del Derecho. En el caso de la denuncia penal contra su padre, sin embargo, había decidido que por ahora era preferible mantener el asunto en casa y tratar de actuar con cabeza fría.

—Buenos días, señor —saludó Arellano.

—¿Qué tal, Justo? Siéntate, por favor. ¿Alguna novedad sobre la denuncia contra mi padre?

—Sí. Ayer, al final de la tarde, logré hablar con el secretario de la Fiscalía de Menores, que es un antiguo compañero de la facultad de Derecho. Me ha dicho que el fiscal, aunque sabe que su padre está desaparecido, va a darle curso al proceso y efectuará las investigaciones que sean necesarias hasta que don Ignacio se presente ante las autoridades.

—¿Y él puede proceder así? —preguntó Fernando contrariado.

—En realidad, nada se lo impide.

—Y eso, en la práctica, ¿qué significa?

Justo ladeó la cabeza y se rascó la sien izquierda antes de responder.

—No sé en qué estará pensando el fiscal, pero lo usual es que llame a la madre de la menor a ratificar su denuncia y trate de buscar testigos que puedan confirmar la acusación contra su padre. —El abogado se quedó pensativo un instante—. También es posible que quiera interrogar antes a la menor. En cualquier caso, como le dije por teléfono la primera vez que hablamos, el proceso no puede culminar sin la notificación y comparecencia del acusado.

—Este asunto me parece tan absurdo, tan sin sentido. En tu opinión, ¿qué es lo que pretende Aurora Rodríguez con semejante infundio?

—Todos comentan que se trata de un vil chantaje.

—¿Quiénes son todos, Justo?

El abogado dudó un instante.

—Gente que trabaja en la empresa, don Fernando. No es que se hable mucho del tema; en realidad nadie cree que don Ignacio haya sido capaz de cometer ningún delito, mucho menos aquel del cual se le acusa. Es por eso que algunos ejecutivos de mayor rango están convencidos de que la antigua secretaria de su padre anda en busca de dinero.

—Pero exponer a la niña así... La canallada también se la estaría haciendo a Aurorita, a su propia hija. —Fernando recapacitó un instante—. A propósito de Aurora, supongo que ya iniciaron los trámites para su despido.

—Estábamos en eso cuando ella presentó su renuncia.

—¿Renunció? ¿Y su indemnización por antigüedad? —preguntó Fernando asombrado—. Fueron muchos los años que trabajó con mi padre. ¿Es que el dinero no le importa?

—O tal vez piensa que renunciar la victimiza más y así, al final, el premio será mayor.

—Sí, esa explicación tiene sentido. ¿Qué piensas tú que debo hacer, Justo? ¿Crees que debería tratar de hablar con ella para ver qué es lo que realmente se propone? Tal vez pueda convencerla de retirar la denuncia.

—Yo no haría eso, don Fernando. Para comenzar, en las denuncias por delitos contra menores la ley obliga al fiscal a proseguirlas de oficio, aunque la parte acusadora decida desistir del proceso. Además, creo que el asunto debe quedar en manos profesionales, por lo menos hasta que su padre aparezca. No me refiero solamente a los abogados, sino a algún investigador privado que indague en la vida de Aurora, sus relaciones, su situación financiera, sus vicios; en fin, que ayude a emparejar las cargas.

—Entiendo, Justo. A ti te digo en privado lo que todavía no he admitido en público. Creo que mi padre, lamentablemente, falleció ahogado en los rápidos del río Chiriquí Viejo. Su defensa la tendremos que llevar nosotros. ¿Sabes de algún investigador privado que, además de eficiente, sea de confianza?

—Sé de varios. ¿Me da un par de horas para sugerirle alguno? Le puedo enviar la información a su correo.

—Gracias, Justo. Después volveremos a hablar.

Al final de la tarde Víctor Segura llamó a Fernando para informarle que había hablado con el propietario de *El Sol*.

—Me dijo que está dispuesto a reunirse y sugirió el reservado de algún restaurante.

—Yo no quiero que me vean y menos que me retraten junto a Garcés. Dile que podemos encontrarnos, los dos solos, en algún rincón tranquilo del Parque del Cangrejo, a una hora en la que no haya mucha gente. Al final de la mañana, tal vez.

—Si Garcés aceptara, ¿qué día sería?

—Mañana mismo.

Aunque Fernando de la Torre sentía la necesidad de reunirse urgentemente con Garcés, no tenía claro qué le ofrecería. Si le pagaba a cambio de su silencio, era muy probable que, tarde o temprano, el propio Garcés, a quien la fama de chantajista tenía sin cuidado, intentara volver a extorsionarlo con la amenaza de revelar el chantaje anterior. Y, a escasas dos semanas de la desaparición de su padre, no podía arriesgarse a quedar envuelto en una operación de dudosa legitimidad que pudiera afectar su reputación y la de Cotosa. Este era uno de los casos en donde la prudencia aconsejaba no alejarse de las normas éticas. ¿Qué hacer entonces? Fernando recordó que en una ocasión él había insinuado a su padre la necesidad de invertir en medios de comunicación para proteger sus muchos intereses. «Si fuéramos dueños de algún periódico, de radiodifusoras o de una televisora —había sugerido Fernando—, cualquier competidor, y hasta el mismo gobierno, se lo pensarían dos veces antes de meterse con Cotosa». Ignacio había rechazado de plano la recomendación. «Ni la venta de publicidad ni la difusión de noticias ha estado nunca entre nuestros objetivos. Además, controlar medios de comunicación nos puede llevar a olvidarnos de hacer las cosas bien porque tendríamos menos temor de que nos criticaran. Al final, terminaríamos incursionando también nosotros en el chantaje disimulado, que es lo que, salvo honrosas excepciones, ha venido a ser en nuestro país la práctica del periodismo». No le faltaba razón a su padre, pero a veces el apego absoluto a las normas morales podía poner en peligro, justamente, el buen nombre de las empresas o de sus propietarios, como estaba ocurriendo con los ataques de *El Sol* al fundador de Cotosa. Ahora que él cargaba con la responsabilidad de mantener la salud económica y la buena reputación del grupo empresarial tal vez había llegado la hora de reconsiderar la conveniencia de incursionar en el negocio de las noticias y de la publicidad.

—Comuníqueme con Federico Riquelme —ordenó Fernando a su secretaria.

Riquelme desempeñaba el cargo de director financiero de Cotosa y era uno de sus más antiguos funcionarios. Había comenzado a trabajar con Ignacio de la Torre cuando, recién llegado de Perú, el joven empresario comenzaba a incursionar en el negocio de minería. Después lo había acompañado, paso a paso, a lo largo del vertiginoso desarrollo de sus empresas. Aparte de su honestidad, su absoluta lealtad y su buen manejo de las cifras, Riquelme había sabido evolucionar al ritmo de los tiempos rodeándose de un grupo de gerentes jóvenes mejor sintonizados con la nueva tecnología y su aplicación en el campo de los negocios. Ignacio jamás había tomado una decisión importante sin consultarle.

—Fernandito, ¿en qué puedo ayudarte?

A Fernando no le parecía apropiado el diminutivo que todavía utilizaba Riquelme para dirigirse a él, pero no había hecho nada para remediarlo porque sabía que no estaba lejano el día en que el antiguo colaborador de su padre decidiera jubilarse.

—Necesito conocer algunas cifras, don Federico.

—¿Quieres que pase por tu oficina?

—Por ahora no hace falta. ¿Podría investigar de cuánta liquidez disponemos en caso de que quisiéramos hacer una inversión dentro de las próximas... digamos, dos semanas?

—Esa cifra me la sé de memoria. Ignacio siempre mantenía en reserva una suma destinada —como decía él— «a alimentar las vacas flacas o a comprar alguna vaca gorda». En menos de tres días podemos disponer de aproximadamente doscientos millones de dólares. ¿Me quieres decir en qué estás pensando?

¡Doscientos millones! La cantidad era muy superior a la que Fernando había imaginado.

—¿La cifra incluye la reserva para gastos imprevistos?

—No, no la incluye. Esa reserva tiene una cuenta aparte en los estados financieros. El fondo del que hablo es la herramienta que le permitía a tu padre tomar decisiones rápidas y vencer a los competidores en caso de que tuviera que hacer alguna inversión urgente. ¿De qué se trata, Fernandito?

—Todavía no estoy muy seguro, don Federico, pero necesitaba conocer la cifra por si acaso se presentara una oportunidad.

Luego de colgar el teléfono, el proyecto de incursionar en el negocio de los medios de comunicación fue tomando forma en la mente inquieta de Fernando. Habría que adquirir por lo menos dos periódicos, algunas estaciones de radio y una cadena de televisión, no necesariamente la de mayor audiencia. Con algunas mejoras administrativas y una programación adecuada, la inversión podría resultar rentable y le daría a él y a sus empresas un instrumento útil cuando fuera necesario defenderse de algún ataque, como aquel que ahora *El Sol* dirigía contra su padre. En lugar de ceder ante el chantaje de Garcés, le compraría el tabloide, que luego podría convertirse en el periódico de barricada de su nuevo conglomerado mediático. Por tratarse de una simple operación comercial, no existiría ninguna falta ética que reprochar. Sin embargo, para ir bien preparado a la reunión con el chantajista, Fernando necesitaba saber el valor aproximado de *El Sol* y como al único a quien se atrevía a solicitar esa información era al viejo Riquelme, volvió a llamarlo.

—Perdone la insistencia, don Federico —le dijo en el teléfono—, pero necesito que nos reunamos cuanto antes. ¿Puede pasar por acá?

—Voy enseguida, Fernandito.

Federico Riquelme aparentaba más de los setenta y tres años que indicaban sus documentos de identidad. Probablemente había envejecido antes de tiempo a consecuencia del cuidado permanente que dispensaba a Federico Jr., hijo único que padecía de un caso severo de autismo. Después de esperar trece años para que su esposa Judith concibiera al heredero que vendría a completar la familia, nació aquel niño que rehuía todo contacto, que no podía controlar sus impulsos y que gritaba sin motivo aparente. Pero la tristeza inicial dio paso casi de inmediato a una entrega total de los esposos Riquelme a la tarea de lograr el bienestar del pequeño. Lo llevaron a los más afamados especialistas de Estados Unidos y contrataron un equipo permanente de auxiliares que velaba porque el niño recibiera el mejor cuidado posible. Federico y Judith renunciaron a su pasión por viajar y poco a poco fueron recluyéndose en casa junto al hijo enfermo, rehusándose a escuchar a quienes aconsejaban enviarlo a algún sitio dedicado a tratar pacientes que padecían un grado extremo de autismo. Sin embargo, las preocupaciones hogareñas no habían logrado borrar del rostro del director financiero de Cotosa la expresión de placidez, que unos ojos profundamente azules y transparentes ayudaban a proyectar.

—Siéntese por favor, don Federico. Lo he hecho venir porque...

—Ya te he dicho que me puedes llamar simplemente Riquelme, como hacía Ignacio.

—Cuando mi padre me hablaba de usted siempre se refería, con profundo respeto, a don Federico, costumbre que yo quiero continuar. Quería hablarle personalmente porque estoy enfrentando una situación que requiere de su apoyo y confianza.

Fernando contó, sin entrar en muchos detalles, la situación surgida con Garcés y su intención de aprovechar la coyuntura para callarlo comprándole el tabloide, primer paso en la incursión de Cotosa en el mundo de los medios como un blindaje contra posibles ataques de competidores o del mismo gobierno. Al escucharlo, Riquelme no pudo disimular la risa.

—¿He dicho, acaso, algo gracioso? —preguntó el joven De la Torre, a la vez desconcertado y molesto.

—No, no, para nada, Fernandito, para nada —se excusó Riquelme—. Pero cuando tu padre tuvo su último encontrón con Garcés, quien pretendía que Ignacio lo ayudara a financiar su campaña para reelegirse como diputado, me comentó lo mismo que estás diciendo tú ahora. «A veces me dan ganas de comprarle el periódico a ese bribón para que deje de chantajear», creo que fueron sus palabras exactas.

—¿Y qué pasó? ¿Por qué no lo hizo?

Antes de responder, Riquelme se recostó en la silla, cruzó los brazos y se quedó observando a Fernando.

—En realidad, porque nunca tuvo esa intención. Y si lo hubiera hecho no habría sido para quedarse con el periódico sino para cerrarlo. Verás, Fernandito, hace poco tu padre me habló de tu interés en adquirir medios de comunicación para defender a Cotosa de cualquier ataque de la competencia o del gobierno. Me explicó las razones por las cuales él no estaba de acuerdo, que tú sin duda conoces mejor que yo. ¿No crees que sería prudente esperar un tiempo antes de tomar una decisión tan importante?

—Yo no dispongo de tiempo, don Federico —protestó Fernando, impacientándose—. El motivo principal que me anima es, precisamente, defender la memoria de mi padre, vilmente atacada por un chantajista profesional. Si fuéramos propietarios de un grupo de medios capaz de defendernos, lo más probable es que Garcés ni siquiera se hubiera aventurado a intentar el chantaje. ¡Tenemos que callar a Garcés! Y si es así, ¿por qué no aprovechar para matar dos pájaros de un tiro?

Entre los dos hombres se instaló un prolongado silencio, finalmente interrumpido por Riquelme.

—A ver, Fernandito, ¿qué necesitas?

—Por lo pronto, saber el valor aproximado de *El Sol*; es decir, si gana dinero y cuánto. Mañana debo reunirme con Garcés y quisiera estar preparado para cualquier eventualidad.

—No sé si estás consciente de que *El Sol* es el tabloide de mayor circulación en el país, aunque la mayoría de sus lectores son gente del pueblo. Dame algo de tiempo para realizar algunas averiguaciones que me permitan hacer un cálculo aproximado de cuánto venden al año en publicidad, cuáles son sus costos, etcétera. En dos horas te envío un correo.

—Muchas gracias, don Federico. No hace falta decirle que el asunto es muy confidencial.

—No, no hace falta —dijo Riquelme mientras se levantaba de la silla—. Fue precisamente la confianza que tu padre depositó en mí lo que me mantuvo a su lado durante más de treinta años.

A inicios de la tarde, Fernando de la Torre recibió el correo electrónico de Federico Riquelme en el que expresaba que, según sus investigaciones, los activos de *El Sol* ascendían a quinientos cincuenta mil dólares y sus pasivos rondaban los doscientos mil. Sus ganancias anuales eran de aproximadamente setenta y cinco mil, por lo que, en su opinión, un precio justo por el periódico sería entre cuatrocientos y cuatrocientos cincuenta mil dólares. Indicaba, además, que era probable que Garcés obtuviera ganancias adicionales derivadas de utilizar el tabloide como instrumento de chantaje, pero esta cifra era imposible de calcular. Al final del mensaje advertía que adquirir otros medios, especialmente una televisora, no era solo una cuestión de dinero, ya que los propietarios de esas empresas eran gente también muy acaudalada, que probablemente querrían conservarlos para proteger sus propios intereses y mantener su influencia política. Algo contrariado, Fernando respondió al mensaje con un simple «Muchas gracias, don Federico» y se dispuso a seguir adelante con su plan. Poco antes lo había llamado Segura para informarle que la reunión con Garcés estaba confirmada para las once de la mañana en el Parque del Cangrejo, cerca de la entrada que daba sobre la Vía Argentina.

Acostumbrado a la puntualidad, aun para atender las reuniones que no eran de su agrado, Fernando de la Torre llegó a la hora convenida y se sentó a esperar a Garcés bajo la sombra de un árbol añoso en una banca a la que le faltaban dos travesaños. La noche anterior había ido a visitar a su antigua esposa, Irene, con la que mantenía una relación en la que se combinaban sentimientos de amistad con la satisfacción de deseos sexuales largamente compartidos. Cuando Fernando enfrentaba situaciones difíciles, acudía a Irene que, además de ser inteligente, tenía los pies bien puestos sobre la tierra y analizaba los problemas con el clásico sentido común femenino, muy diferente a la lógica empresarial de Fernando. Esa noche habían abierto una botella de vino mientras conversaban sobre el dilema que enfrentaban los hermanos De la

Torre después de la súbita desaparición de su padre y del escándalo de la acusación por pederastia. Aunque Irene compartía la estrategia de Fernando de fortalecer el grupo Cotosa con la adquisición de medios de comunicación, no estaba de acuerdo con el orden de prioridades establecido por su antiguo marido para enfrentar la crisis. Para ella resultaba más importante neutralizar primero a Aurora, que era la verdadera raíz del problema. «La noticia sobre la acusación a tu padre es ya agua bajo el puente, pero si logras demostrar que es falsa, todo lo demás se derrumbará y entonces sería más efectiva una campaña en los medios para borrar la afrenta y reivindicar su buen nombre. Para mí lo primero, entonces, es hablar con Aurora a ver qué persigue y cómo la puedes neutralizar». Escuchando a Irene, Fernando recordó que su padre siempre decía que para resolver los problemas había que cortarlos de raíz, que era lo mismo que ahora ella planteaba. Sin embargo, la decisión de hablar con Garcés ya estaba tomada. Después de consumida la botella de cabernet sauvignon, Irene le propuso fumar el acostumbrado pitillo de marihuana antes de hacer el amor, pero Fernando, que aún tenía que prepararse para la cita con Garcés, le pidió dejarlo para la siguiente semana. «Aquí te espero», había respondido ella, sin darle mayor importancia.

La relación de Fernando con su exesposa no podía ser más conveniente. En Irene tenía alguien de mucha confianza con quien pasar un buen rato y hacer el amor, sin más compromiso que la pensión que le daba desde el divorcio, sobre la cual jamás habían tenido ninguna diferencia porque, aparte de la suma mensual, Fernando se aseguraba de que Irene recibiera para su cumpleaños y Navidad una suma de dinero que sobrepasaba varias veces el monto anual que se había obligado a entregarle en el acuerdo de divorcio. Y, por ahora, ni Irene ni él tenían ningún interés en volver a casarse, ni con el antiguo cónyuge ni con nadie más.

Después de esperar media hora, Fernando se convenció de que Garcés no acudiría a la cita. Haciendo esfuerzos por dominar la rabia y pensar con claridad, concluyó que acordar una cita con el propietario de *El Sol* había sido una muestra de debilidad que le daba al enemigo la oportunidad de elevar el monto del chantaje. «Tenía razón Irene», pensaba mientras se alejaba del lugar del fallido encuentro. Por ahora se concentraría en Aurora y la acusación de pederastia, y más tarde decidiría qué hacer con Garcés y su proyecto de incursionar en el mundo de los medios de comunicación. Tan pronto regresó al despacho, llamó a Segura y a Arellano para informarles que Garcés no había acudido a la cita. Al de relaciones públicas le ordenó no hacer nada más por el momento y al abogado le solicitó apresurar la búsqueda de un investigador privado. En cuanto a Riquelme, prefirió no decirle nada todavía. La experiencia de esa mañana era una clara señal de que la ética de que hablaba su padre, y que don Federico se afanaba en recordarle, podía convertirse en un obstáculo para la solución expedita de algunos problemas.

Capítulo 6

—Aunque mi especialidad es la investigación de estafas y otros delitos financieros, también atiendo casos de infidelidad y de delitos sexuales.

Fernando de la Torre observaba con escepticismo a Eugenio Millán, el investigador privado recomendado por el abogado Arellano, un hombre muy delgado, de baja estatura, cabello entrecano y facciones afiladas, que al hablar fruncía el entrecejo, convencido, quizás, de que así daba más importancia a sus palabras. «Seguramente ha leído las noticias sobre mi padre aparecidas en *El Sol*, pero ¿cuánto más le habrá contado Arellano?», se preguntaba Fernando.

—La investigación que requiero guarda relación con varios de los temas que usted ha mencionado, señor Millán. Se trata, en esencia, de uno que afecta a mi familia y exige la mayor discreción.

—Mi discreción, señor De la Torre, es absoluta —sentenció Millán, frunciendo aún más el ceño mientras se inclinaba en la silla, sin duda una pose estudiada—. Estamos hablando de la cualidad más importante que deben tener quienes se dedican a hacer investigaciones por cuenta de un tercero. Debo decirle que yo también espero de mis clientes igual discreción.

«¿De dónde habrá sacado Arellano a semejante personaje? Si este es el mejor investigador privado del patio, ¿cómo serán los demás?». Fernando se sintió tentado a poner fin a la entrevista, pero ya tenía al individuo enfrente y muy poco perdería dedicándole unos minutos más.

—Por supuesto que la confidencialidad debe ser una calle de dos vías, señor Millán. Cuénteme acerca de su experiencia en la investigación de cuentas bancarias.

Millán se recostó en la silla, todavía sin relajar el ceño.

—Nadie tiene mejores contactos en los bancos de la región que yo, amigo De la Torre. Sé exactamente a quién tocar, dependiendo del tipo de cuenta que debo investigar; es decir, si se trata de un plazo fijo, una cuenta corriente o una cifrada. También investigo transferencias, procedencia de los fondos y delitos relacionados con el lavado de dinero, para lo cual cuento con informantes muy bien ubicados en la Unidad de Análisis Financiero, que funciona dentro del Ministerio de la Presidencia. El precio de la investigación dependerá del monto de la cuenta y, por supuesto, del riesgo que deba correr mi contacto por el uso que se le dará a la información obtenida. Se imaginará usted que no es lo mismo investigar una cuenta corriente de cien dólares, que una cuenta cifrada de un millón; o una transferencia enviada o recibida por un personaje importante en la política o en el mundo de los negocios, que una llevada a cabo por perico el de los palotes. También influirá en el precio, como ya dije, la manera en que será utilizada la información. Una cosa es si la misma sería utilizada de forma privada y otra si podría aparecer en los medios, en cuyo caso aumentaría el riesgo para el informante y también el costo de la investigación.

Después de escuchar las revelaciones de Millán sobre el mundillo del espionaje financiero, Fernando comenzó a cambiar de opinión. «Es un payaso que, sin embargo, parece conocer bien su tema, pero ¿hasta dónde puedo confiar en él?».

—Muy interesantes sus planteamientos, amigo Millán. Me pregunto si podría usted darme algunas referencias de su trabajo, algún caso que usted haya manejado y que me ayude a tomar una decisión.

—Usted debe comprender, señor De la Torre —había más firmeza en el tono de voz de Millán—, que, como ya dijimos, mi trabajo es absolutamente confidencial, razón por la cual las referencias personales se hacen muy difíciles, si no imposibles, de obtener. Estoy aquí porque soy un profesional eficiente, graduado en Investigación Criminal, con una maestría en Delitos Financieros. Todo ello consta en el currículum que le envié a su abogado, Arellano, y que espero que usted haya leído. Pero en mi línea de trabajo lo esencial es la confianza y si, como sospecho, a usted le resulta difícil confiar en mí, lo comprendo muy bien y no tengo nada más que decir.

Millán se levantó de la silla y, siempre con el ceño fruncido, inclinó la cabeza en señal de despedida.

—Gracias por su tiempo, señor De la Torre.

—Un momento, Millán, un momento. Está usted llegando a conclusiones erróneas. Si dudo no es porque usted no me inspire confianza y seguridad, sino porque el asunto para el cual requiero sus servicios es sumamente delicado por lo mucho que afecta a mi familia.

—Lo entiendo perfectamente —repuso el investigador, todavía de pie—. Mi trabajo requiere enterarme de todo lo que acontece en el mundo de las pequeñeces humanas. Los chismes, los rumores, las publicaciones escandalosas, son parte de mi hábitat natural, por así decirlo. —Respondiendo a un gesto de Fernando, Millán volvió a sentarse y continuó—: Creo conocer la situación de angustia e incertidumbre por la que atraviesan su familia y las empresas fundadas por su padre. La traición es una acción abominable, más aún cuando proviene de alguien en quien habíamos depositado toda nuestra confianza.

—¿Le contó a usted Arellano los pormenores del caso? —preguntó Fernando algo contrariado.

—No, Arellano se limitó a decirme que usted quería reunirse conmigo, pero antes de venir hice mi tarea para estar seguro de que puedo ayudarlo.

—Y ¿puede usted?

—Por supuesto que sí, tal vez más en el asunto de la antigua secretaria privada de su padre, que es el caso más difícil, que en el del nefasto propietario de *El Sol*, que probablemente se podría resolver sin mayor dificultad con un golpe monetario. ¿Hasta dónde requiere usted de mis servicios, señor De la Torre?

Aunque la expresión de seriedad de su interlocutor seguía pareciéndole teatral, Fernando decidió arriesgarse.

—La señora Aurora Rodríguez, quien fuera por muchos años secretaria privada de mi padre, lo ha denunciado ante una fiscalía por un supuesto delito de pederastia cometido contra su hija de catorce años, quien lleva el apellido de la madre porque el padre, quienquiera que haya sido, parece que nunca la reconoció legalmente. No hay duda de que se trata de un intento de extorsión. Lo que yo necesito de usted, amigo Millán, es que averigüe todo lo que pueda acerca de Aurora: amistades, amantes, cuentas de banco, movimientos de dinero. En fin, cualquier cosa de su pasado, o de su presente, que podamos utilizar para contrarrestar el chantaje.

—¿Y Garcés? ¿No cree usted que él puede ser parte de la conspiración?

Gratamente sorprendido por la perspicacia del investigador, Fernando le confió la cita frustrada de esa mañana y su decisión de desenmascarar primero a Aurora Rodríguez para después proceder contra Garcés y su prensa amarillista.

—Si esos dos sinvergüenzas están juntos en esto, resultará más fácil desenmascararlos —concluyó Fernando.

—Investigar a Garcés es cosa de niños —aseguró Millán—. Su historial, como diputado y como periodista, parece un manual de extorsión, ocupación de la cual se vanagloria sin ningún recato. Pero yo he escuchado acerca de otras linduras del antiguo diputado que estoy seguro él no quiere que salgan a la luz pública, para cuya divulgación, de ser necesario, utilizaríamos inicialmente las redes sociales.

—¿Chantajear al chantajista? —preguntó Fernando, aparentando sorpresa.

—Yo lo llamo nivelar las cargas. A pesar de que soy cristiano, creo que el mundo andaría mucho mejor si, en lugar de ofrecer la otra mejilla a quienes nos agreden, respondemos con otra cachetada.

Fernando esbozó una leve sonrisa. «Cada vez me gusta más el recomendado de Justo».

—Muy bien, Millán. Procederemos entonces como usted sugiere. Reúnase con Arellano para acordar los términos del contrato.

Millán arrugó otra vez el entrecejo, volvió a inclinarse y bajó el tono de la voz.

—Señor De la Torre: en mi profesión no se firman contratos, que muchas veces se convierten en indicios de actividades que es preferible mantener ocultas. Yo cobro por mis servicios cien dólares la hora, que incluyen el tiempo de mis ayudantes y los gastos normales. No se asombre, que no es poca cosa si consideramos que, a diferencia de otros profesionales, mi día de trabajo se prolonga en ocasiones por más de veinticuatro horas. Yo le enviaré a usted, semanalmente, una factura y, dentro de los cinco días siguientes, usted depositará el dinero en esta cuenta. —Millán entregó a Fernando un papelito escrito de su puño y letra en el que aparecía el nombre de un banco, un número y otros detalles—. Si hubiera alguna duda sobre el monto o aclaraciones que hacer, usted y yo conversamos y lo resolvemos. Además, también cubrirá usted cualquier pago a terceros cuando resulte necesario para obtener información relevante, en el entendimiento de que solicitaré aprobación previa si se tratara de una suma importante. Tan pronto tenga algo que informar lo llamaré para concertar una cita. Y una última sugerencia: mi experiencia indica que es mejor no involucrar a nadie más en nuestro acuerdo, a menos, claro está, que sea absolutamente necesario. Ahora le solicito que me adelante diez mil dólares en efectivo para comenzar a trabajar, suma sobre la cual le rendiré cuentas detalladas.

Fernando se quedó mirando fijamente el ceño fruncido de Millán antes de responder.

—Me parece razonable su propuesta —dijo finalmente, satisfecho con el sentido de urgencia del investigador—. En menos de una hora tendrá usted el adelanto.

—Gracias, señor De la Torre, le aseguro que no se arrepentirá de haber contratado mis servicios. —Millán se levantó de la silla y extendió la mano pequeña y flaca que Fernando estrechó sin entusiasmo—. Aguardaré en la recepción.

En el momento en que Fernando se preparaba para salir a almorzar con el ministro de Energía, su secretaria anunció una llamada de Federico Riquelme, que tomó de mala gana.

—Fernandito, me han informado que Garcés no se presentó a la cita.

—Así es, don Federico. Ahora mismo no tengo tiempo de contarle porque salgo para un almuerzo, pero esta tarde nos podemos reunir.

—Entiendo, no te preocupes. Me temo que esa impertinencia de Garcés significa que van a arreciar los ataques de *El Sol* para aumentar el precio del chantaje.

—Es posible que así sea. Lo hablaremos esta tarde.

En el almuerzo con el ministro de Energía, Fernando de la Torre logró revivir el interés del gobierno para construir una hidroeléctrica en la región oriental del país, proyecto que había sido vetado por su padre. A pesar de que existían en esa zona ríos de gran caudal, como el San Pablo, no se había podido llevar a cabo ningún nuevo desarrollo que utilizara recursos hídricos debido a la férrea oposición de los ambientalistas y de los aborígenes que allí habitaban desde tiempos inmemoriales, escollos que Fernando estaba seguro de poder superar. De regreso a su oficina, se reunió brevemente con Justo Arellano para informarle acerca de su acuerdo con el investigador privado, pero a la llamada de don Federico no quiso responder. Lo que menos quería ahora era escuchar un nuevo sermón sobre la ética de su padre y los peligros de corrupción que se presentaban al negociar con los gobiernos. «Creo que ha llegado la hora de permitir a don Federico disfrutar de una bien ganada jubilación. En honor a mi padre, Cotosa le otorgará una pensión especial y le hará una gran fiesta de despedida».

La mañana siguiente, tal como predijera el viejo Riquelme, *El Sol* utilizó las cuatro columnas de la primera plana para volver a atacar a Ignacio de la Torre. Sin embargo, esta vez iba más lejos y se metía directamente con sus empresas. «La comunidad empresarial —decía la noticia— debe preguntarse si, vistas las lacras morales de su fundador, el archimillonario grupo Cotosa se desarrolló con apego a normas éticas y morales o si la fortuna de la familia De la Torre es producto de operaciones fraudulentas de su fundador, Ignacio de la Torre».

Minutos más tarde entró en el celular de Fernando la llamada de su hermana.

—¿Vamos a permitir que ese chantajista siga ultrajando el nombre de nuestro padre?

Como le ocurría siempre que estaba enojada, María Eugenia había dejado a un lado su acostumbrada parsimonia.

—Ya estoy en eso, hermana, pero no quiero entrar en detalles hasta que podamos hablar personalmente.

—¡Deberíamos contratar un sicario para callarlo de una vez por todas!

—Lo que nos convertiría a ti y a mí en seres iguales a él. No vuelvas a decirlo, ni en broma.

—Pero es que me siento tan impotente. Mi padre, que es el empresario más apegado a la ética que existe en este país, atacado por un vil chantajista y nosotros sin poder hacer nada. ¿Te imaginas cómo se sentirá cuando regrese?

Fernando iba a responder a su hermana que se convenciera de una vez por todas de que su padre no regresaría, pero no se sintió con ganas de prolongar la conversación.

—Ya te dije que estoy trabajando en ello. Dame algo de tiempo. Ahora tengo que colgar porque debo atender otra llamada.

Para no echarle más leña al fuego, y dada la inestabilidad emocional de María Eugenia, Fernando había evitado mencionar la fallida cita con Garcés. De ahora en adelante solamente comentaría con su hermana lo estrictamente necesario para apaciguarla, de modo que no interfiriera en sus planes y mucho menos en la manejo de las empresas. En cuanto a don Federico, que había previsto con asombrosa precisión la conducta de Garcés, tal vez sería necesario conservarlo por un tiempo como consultor para aprovechar su experiencia y conocimientos de la naturaleza humana. Sus cavilaciones se vieron interrumpidas cuando la secretaria lo llamó para informarle que Justo Arellano estaba en la línea.

—Pásalo enseguida... ¿Qué tal, Justo? Supongo que ya leíste *El Sol* de esta mañana.

—Así es, don Fernando. Acabo de hablar con Millán, quien me pidió que le dijera que muy pronto Garcés dejará de hablar mal de su padre y de Cotosa.

—¿Eso fue todo?

—Sí, no quiso dar detalles en el teléfono. Dice que pronto se comunicará con usted.

Más animado, Fernando se dispuso a emprender otro día de trabajo y citó en su despacho al director de nuevos proyectos para ponerlo al corriente de su conversación con el ministro de Energía y pedirle que rescatara de los archivos los estudios ya iniciados para determinar la viabilidad de una hidroeléctrica en el río San Pablo. Llamó después al abogado Julio Rebolledo y le solicitó desempolvar los documentos de la fallida negociación con el gobierno para la construcción de la planta. «Ayer me reuní con el nuevo ministro de Energía y acordamos que la próxima semana, de ser posible, usted y el abogado del ministerio se reúnan para reanudar las conversaciones. Me parece que ahora el asunto sí promete, pero hay que darle al hierro mientras está caliente». Tan pronto soltó la frase, Fernando sonrió al recordar que se trataba de uno de los dichos favoritos de su padre.

Capítulo 7

Fernando iba a tomar el teléfono para llamar a Riquelme e informarle de la reanudación de las negociaciones con el gobierno para la construcción de la hidroeléctrica del río San Pablo cuando recibió en su celular la llamada de su exesposa.

—¿Qué tal, Irene?

—Yo muy bien. Y tú, ¿cómo estás? Supongo que la noticia en *El Sol* de esta mañana significa que la reunión con Garcés no salió bien.

Fernando iba a contarle a Irene que el otro ni siquiera se había presentado a la cita y que él estaba tomando cartas en el asunto, pero lo pensó mejor y decidió hablarle personalmente.

—No, no salió bien. Te cuento cuando volvamos a vernos.

—Para eso te llamaba, cariño. ¿Te acuerdas de Michelle Dumont, la hija alocada del embajador francés, que decidió quedarse en Panamá cuando su padre regresó a Francia? Esta noche da una pequeña fiesta a sus amigos íntimos para celebrar las cuarenta primaveras. Pensé que te haría bien distraerte un poco.

—De verdad no estoy para fiestas, Irene —reaccionó Fernando enseguida.

—Es precisamente por eso que creo que debes acompañarme. A las fiestas debemos ir justamente cuando uno no está para ellas. Podemos quedarnos un rato y después nos vamos a cenar y terminas de contarme sobre Garcés. Además, la última vez que estuvimos en mi apartamento te escapaste antes de tiempo.

Aunque seguía sin ganas de estar con la Dumont y su camarilla de vanidosos, Fernando necesitaba desahogarse un poco y para ello no había mejor compañera que Irene.

—Está bien, te acompaño siempre y cuando no estemos más de una hora.

—Ya veremos. Recógeme a las nueve.

—¿Tan tarde?

—Te aseguro que seremos los primeros en llegar. Ya conoces cómo funciona ese grupo de presumidos. Quienes llegan de último hacen su entrada triunfal para que los demás admiren sus atuendos, su pedrería y sus peinados. Hablo de hombres y mujeres por igual; en esta época ya casi nada nos distingue.

—¿Y aun así quieres ir? ¿Por qué no nos vamos directamente a tu apartamento, pedimos comida y después nos ponemos al día... en todo?

—No seas imposible, Fernando. Michelle es mi amiga y, aunque está un poco loca, en el fondo es buena persona. Ya te dije que estaremos solamente el tiempo necesario para cumplir.

—¿Máximo una hora?

—Pero qué pesado eres, cariño. ¡Chao!

Fernando detestaba las fiestas, sobre todo aquellas que se prolongaban hasta que hombres y mujeres, totalmente desinhibidos por los efectos del alcohol o de las drogas, se ponían a hablar pendejadas y a manifestar afectos que estaban lejos de sentir. Él se podía tomar dos y hasta tres whiskys pero jamás se permitía perder el control de sus emociones. Y en cuanto a la droga, no pasaba de un cigarrillo de marihuana cuando Irene insistía, convencida de que compartir un poco de hierba hacía maravillas por el sexo. Aunque en grupos pequeños su trato era agradable y caballeroso, Fernando de la Torre tenía fama de huraño y carecía de verdaderos amigos. Sus colaboradores en el trabajo eran únicamente eso, colaboradores, y lo mismo ocurría con sus vecinos de condominio, con sus compañeros de tenis, con los socios del Club Unión y con todos aquellos seres con los que le tocaba relacionarse en el diario vivir. Irene era la única persona en cuya compañía dejaba de sentirse solo: ella no era nada más su exesposa y su amante, sino también su mejor amiga. A pesar de que en ocasiones salía con otras mujeres, la huella permanente de Irene lo protegía de volver a enamorarse y, por más atractiva y deleitable que resultara la acompañante de turno, jamás le había pasado por la mente reincidir en el matrimonio, aunque a veces lamentaba no haber tenido hijos que compitieran con los de su hermana por el cariño del abuelo Ignacio. Pero tan pronto entró a trabajar en Cotosa, donde las horas eran muy largas, el deseo de tener descendencia había quedado en el olvido.

Después de colgar con Irene, Fernando llamó a Riquelme. Para mitigar un poco su conciencia lo invitaría a comer.

—¿Podemos hablar don Federico? Si no tiene compromiso lo invito a almorzar para ponerlo al día de los últimos acontecimientos.

—Gracias, Fernandito. Siempre procuro almorzar en casa con mi hijo, que, como sabes, necesita mucha atención, y con mi esposa, Judith. Después de que murió nuestra perrita ella se siente muy sola y se le ha acentuado el Alzhéimer. Pero sé que estás muy ocupado así es que si es urgente acepto gustoso.

¿Judith? Aunque había escuchado a su padre hablar del hijo de los Riquelme, Fernando cayó en cuenta de que era la primera vez que escuchaba el nombre de la esposa de don Federico. Y también ignoraba que estuviera enferma.

—No se preocupe, don Federico. Si le parece mejor podemos vernos aquí a las tres.

—Gracias, Fernandito, allí estaré. ¿Necesitas alguna información en particular?

—Por ahora no. Acá lo espero.

Fernando se preguntaba si entre los deberes del presidente ejecutivo de una empresa estaba el de conocer la vida familiar de sus colaboradores más cercanos. Seguramente su padre sabía de memoria el nombre de la mujer, de los hijos y los problemas que agobiaban a cada uno de ellos y por eso le costaba tanto deshacerse de los que representaban un lastre para la empresa. Pero en el mundo de los grandes consorcios y de los negocios globalizados no era recomendable que un jefe se sintiera atado por sentimientos personales capaces de obstaculizar la toma de decisiones en caso de que hubiese necesidad de prescindir de algún colaborador que no diera la talla. La salud financiera de la empresa, de la cual se beneficiaban todos los que formaban parte de ella, era más importante que los asuntos personales que pudieran aquejar a cada uno de sus miembros, sin excepción.

Fernando ordenó un emparedado y una Coca-Cola light y, tal como hacía siempre que no tenía algún compromiso, se quedó trabajando en su despacho hasta que a las tres de la tarde apareció Riquelme.

—Fernandito, me cuenta tu secretaria que no saliste a almorzar. Tu padre solía hacer lo mismo y yo siempre le aconsejaba lo que ahora te digo a ti: es bueno hacer un alto en la jornada y dejar que la mente se entretenga con otras cosas. Es la manera de mantenerla fresca. Lo cierto es que nunca me hizo caso, como sé que tampoco lo harás tú.

«Otra vez el viejo Riquelme con sus consejos no solicitados», pensó Fernando antes de responder.

—Es que los problemas se acumulan, don Federico, y el día a veces no alcanza para resolverlos. Quería comentarle mi reunión con el ministro de Energía y pedirle algunos consejos.

Una expresión de desasosiego perturbó por un instante el rostro apacible de Riquelme.

—¿Piensas retomar el proyecto hidroeléctrico del río San Pablo? —preguntó.

—Así es, don Federico. El gobierno necesita generar más energía renovable y Cotosa necesita emprender nuevos proyectos. La forma como se lo he planteado al ministro...

—Perdona si interrumpo, pero recuerda que tu padre evitaba hacer negocios con los gobiernos por temor a la garra de la corrupción, que siempre está al acecho.

Fernando no pudo evitar un gesto de exasperación.

—Este es un tema que discutí con mi padre en varias ocasiones y sé exactamente cómo pensaba él. Lo cierto es que, a pesar de que vivió apegado a los principios éticos toda su vida, hoy sus hijos y sus empresas tenemos que enfrentar chantajes derivados de un juicio por pederastia y ataques de la prensa amarillista.

—¡Acusaciones totalmente falsas! —protestó, airado, Riquelme.

—Por supuesto, pero le ruego que me deje terminar —exigió Fernando en tono enérgico—. Hoy vivimos en un mundo en el que la ética no es más que una palabra a la cual apelan los políticos y los empresarios para impresionar incautos. Ni los gobiernos ni los empresarios, ni siquiera los curas respetan las normas morales, aunque se llenen la boca hablando de ellas. La ética, don Federico, ha quedado abandonada en los tratados de Filosofía. Un empresario ético es aquel que paga bien a sus colaboradores y un empleado ético es el que realiza un trabajo cónsono con su salario. Y si queremos seguir utilizando el vocablo, me parece que tampoco es ético sentenciar que en todo negocio con el gobierno habrá siempre corrupción. Yo he hecho una propuesta justa que el ministro ha aceptado porque también le conviene al Estado: Cotosa construirá y financiará la hidroeléctrica de San Pedro por un precio mutuamente acordado y recibirá, además del pago por la construcción, un porcentaje de los ingresos aún por definir. —Fernando observó que el viejo Riquelme bajaba la cabeza y la movía lentamente de un lado a otro. Suavizando un poco el tono, continuó—. Perdone si soy demasiado franco, don Federico, pero dado el cargo tan importante que ocupa usted en la empresa es necesario que nos entendamos bien. Consorcios empresariales como el nuestro, del cual dependen tantas familias, no pueden dejar de crecer, de desarrollarse, de emprender nuevos negocios. El primer problema que enfrentan las empresas exitosas es que no pueden detenerse nunca. El progreso se convierte en una cadena sin fin: cuanto más crecemos más debemos seguir creciendo. Por eso tenemos que llevar adelante proyectos con los gobiernos, que son las entidades que disponen de más recursos, no solamente en nuestro país sino también más allá de las fronteras. Es parte de lo que me propongo hacer al frente de Cotosa.

Federico Riquelme permaneció en silencio por unos instantes. Un tenue velo de tristeza empañaba su mirada celeste.

—Te agradezco la confianza, Fernandito —dijo con voz firme y controlada—. Yo me inicié junto a tu padre cuando la ética no era un concepto vacío. Él sabía que con el nuevo liberalismo económico, que obliga a los empresarios a una agresividad capaz de saltarse los más elementales principios morales, se estaban produciendo cambios acelerados en la forma de hacer negocios. Tal vez por su apego a esos principios dejó escapar oportunidades lucrativas para Cotosa, pero siempre que hablábamos del tema terminaba recordándome que poder dormir tranquilo debía ser una de las virtudes cardinales de todo jefe de empresa. Es obvio que tú perteneces a la nueva generación de empresarios que fundamentan sus decisiones en el lucro sin pensar mucho en las consecuencias y que mi presencia en la empresa puede representar un freno a esa política. Mañana mismo tendrás sobre tu escritorio mi renuncia como director financiero, efectiva en treinta días, plazo durante el cual espero dejar debidamente instalado en el cargo a mi remplazo.

—Don Federico, ¡por Dios!, no es necesario tanto dramatismo. Créame que su presencia en la empresa y sus consejos serán siempre bienvenidos. Esas diferencias en la manera de enfrentar el futuro que usted acaba de apuntar evidencian que yo, que acepto que a veces me dejo dominar por la impaciencia, necesito de alguien que tenga la experiencia y la autoridad indispensables para encender luces amarillas y rojas cuando hagan falta.

Federico Riquelme se había levantado de la silla y miraba a Fernando con una mezcla de incertidumbre y preocupación.

—No es dramatismo, Fernandito. Si alguna vez acudí al histrionismo, hoy ya estoy muy viejo para eso. Lo que me propones no resultaría, por más que tú y yo nos empeñáramos.

Desde la puerta, Riquelme se volteó hacia Fernando.

—Ahora sí estoy convencido de que Ignacio ha muerto.

Cuando don Federico salió del despacho, Fernando se reclinó en la silla y permaneció un largo rato meditabundo. La partida del viejo Riquelme marcaría el inicio de una nueva era en Cotosa. Aunque, en honor a la memoria de su padre, le habría gustado conservarlo un tiempo como su consejero, él mismo había escogido irse. Un buen evento de despedida ayudaría sin duda a que su salida fuera menos dolorosa.

Fernando llegó a recoger a Irene a las nueve en punto y, como siempre, tuvo que esperar en el vestíbulo del edificio hasta que ella apareció, radiante.

—Nunca aprendes, Fernando. Si quedamos de vernos a las nueve, el protocolo permite que me tarde veinte minutos.

Irene y Fernando intercambiaron besos en la mejilla.

—Bien sabes que soy puntual. Estás muy hermosa esta noche, exmujer. Madurar te favorece.

—¿Cómo que madurar? ¿Sugieres acaso que estoy envejeciendo?

—Embelleciendo, mujer, embelleciendo.

La decena de los treinta había terminado de suavizar los rasgos y de redondear la figura de Irene. Casi tan alta como Fernando, su cuerpo se movía con la elegancia y sinuosidad de los gatos salvajes, contrastando con la belleza casi infantil de un rostro de perfecta simetría, en el que se destacaban unos ojos almendrados donde fulguraban los ocres o castaños, según cómo les diera la luz. Vestía un traje ajustado sin ser vulgar y el cabello suelto, de igual matiz que los ojos, cubría parcialmente la desnudez de los hombros.

—Tú también estás muy guapo, Fernando, aunque la corbata no es necesaria.

Sin más preámbulo, Irene se plantó frente a su antiguo marido, deshizo el nudo y le removió la corbata.

—Mucho mejor así —dijo, después de acomodarle el cuello de la camisa—. La corbata puede quedarse en el auto.

Era una escena que se repetía a menudo desde que iniciaran el noviazgo. Irene insistiendo en que su marido fuera menos formal y Fernando intentando poner límites a la informalidad de Irene. Después de casados, una lucha permanente había surgido entre el deseo de él de tener hijos que cimentaran el vínculo matrimonial y la resistencia de ella, que todavía no se sentía capaz ni dispuesta a asumir semejante responsabilidad. Tras un divorcio amigable, volvieron a salir juntos y a disfrutar las delicias del sexo sin compromisos. Las diferencias de antaño habían dado paso a un juego de concesiones mutuas sin mayor trascendencia ni consecuencias.

Mientras tocaban el timbre del apartamento de Michelle, Fernando volvió a recordarle a Irene que solamente permanecerían una hora en la fiesta.

—Son las nueve y treinta y cinco. A la diez y media nos vamos.

—Ay, Fernando, déjate de ridiculeces. —Irene acercó sus labios al oído de su exesposo, le mordió tiernamente el lóbulo y murmuró con su voz más sensual—: Esta noche tengo muchos deseos de premiarte por lo bien que te has portado... y te seguirás portando.

En la fiesta, siempre detrás de Irene, Fernando saludó a conocidos y desconocidos como si fueran amigos que volvían a encontrarse después de mucho tiempo. Respondió con evasivas a algunas preguntas sobre el accidente de su padre, habló frivolidades con un par de socios del Club Unión y finalmente, con un whisky escocés en la mano, salió al balcón para alejarse un poco de la algarabía. Minutos después apareció la dueña de la fiesta.

—Fernando —dijo Michelle con aquel acento sin erres que había conservado más por ser diferente que por no poder pronunciarlas—, no sabes cuánto aprecio que estés aquí esta noche. Créeme que comprendo perfectamente que prefieras estar solo ahora que atraviesas momentos tan difíciles. La incertidumbre sobre tu padre, las estúpidas noticias de la prensa amarillista, todo es muy complicado. Déjame que te dé un abrazo de solidaridad.

Michelle tomó el vaso de la mano de Fernando, lo colocó sobre una mesa y se abrazó a él, haciéndole sentir sus senos, sus muslos y la suave protuberancia del vientre. Después deslizó la mano hasta las nalgas de un impasible Fernando que, sin embargo, no pudo evitar el inicio de una erección.

—Pobrecito, pobrecito —repetía la francesa.

La llegada de Irene, siempre atenta y oportuna, puso fin a la escena.

—¿Estás tratando de robarme mi pareja? —preguntó, simulando enojo.

—Solo estaba tratando de consolarlo; sé que ha sufrido mucho —respondió Michelle impasible—. Tienes que tratarlo muy bien esta noche porque lo noto muy triste. *Au revoir*, querido y, otra vez, gracias por haber venido a celebrar mi cumpleaños.

—Tu amiga está más loca que nunca —comentó Fernando cuando la cumpleañera se alejó.

—Anda medio borracha y creo que siempre te ha tenido ganas.

—Borracha y un poco más. ¿No le viste los ojos? Me temo que en la fiesta ya están pasando de la marihuana a la cocaína. ¿Nos vamos antes de que me violen?

—¿Quiénes? ¿Mis amigas o mis amigos? —Irene soltó una carcajada.

—Creo que tus amigos son más fieles a sus parejas que tus amigas. Vámonos, y no se te ocurra despedirte.

—No hemos comido nada.

—Recogemos algo en el camino. Andando, que ya nos pasamos de la hora.

—La hora, siempre la hora —dijo Irene, aparentando exasperación—. Ya te he dicho que no hay peor esclavitud que la del tiempo. Por eso no uso reloj desde que cumplí veinte años. Si yo fuera presidenta del universo la primera ley que aprobaría sería una que prohibiera los relojes.

—¿Y qué harías con los aviones, los trenes, los autobuses, los cines, las citas médicas?

—Los prohibiría también. ¡Vámonos de aquí!

En el apartamento de Irene, acompañada de un Vega Sicilia, compartieron la comida que había recogido Fernando en el Club Unión. Después del café Irene anunció que se pondría algo más cómodo, se levantó del sofá y se dio vuelta.

—Bájame el cierre — ordenó coqueta.

Cuando terminó de cumplir el mandato, Fernando sugirió:

—¿Qué te parece si nos metamos en la tina, como en los viejos tiempos, y hacemos el amor rechinando de limpio?

—Fernando, Fernandito, veo que el abrazo de Michelle te dejó muy entusiasmado. Pero ella no tiene este cuerpo.

Irene se despojó del traje y, sin quitarse los zapatos, quedó en calzón y brasier. Era, sin lugar a dudas, el cuerpo más espectacular con el que Fernando se había topado en sus andanzas amorosas, un cuerpo que, como ella misma decía, no estaba hecho para tener hijos. Los tacones, altísimos, alargaban aquellas piernas ya de por sí interminables, preludio de la estrechez de la cintura y la amplitud de las caderas. Los senos —Fernando los conocía de memoria— eran perfectos, del volumen justo para poder desafiar sin ningún problema la ley de la gravedad. La erección de Fernando fue inmediata y de una firmeza tal que quiso aprovecharla enseguida.

—Nadie tiene ese cuerpo —murmuró mientras se levantaba del sofá—. Olvídate de la tina y vamos directo a la cama.

Irene le puso la mano en el pecho, lo empujó suavemente obligándolo a sentarse, se inclinó y le murmuró al oído:

—No, querido exesposo. Vamos a continuar con tu plan original. Después de compartir un poco de yerba, nos sumergiremos en la tina y enjabonaremos cada pedacito de nuestros cuerpos. Nos excitaremos hasta el suplicio y solo entonces nos meteremos a la cama.

La mañana siguiente, en su despacho, Fernando de la Torre recordaba, no sin algo de machismo, el combate sexual de la noche anterior. Contemplando la imagen desnuda de sus cuerpos exhaustos en el amplio espejo que adornaba el cielo raso de la recámara de Irene, los excónyuges habían coincidido en que acababan de experimentar el sexo más espectacular y explosivo desde que se acostaran por primera vez. Posiblemente, pensaba Fernando, el abrazo de la alocada francesita había contribuido a despertar en Irene el afán de demostrar que con ninguna otra mujer podía alcanzar su exmarido el Everest del placer. Saciados los deseos, él se había explayado en torno al cúmulo de problemas que enfrentaba: los intentos de extorsión de Garcés y de Aurora; el proceso iniciado contra su padre por delitos de pederastia; la reiterada negativa de María Eugenia a aceptar su muerte; las dificultades para lograr el control de Cotosa, derivadas en parte del abismo insalvable en torno a la ética empresarial que existía entre Fernando y don Federico Riquelme, jefe de finanzas y el más antiguo y fiel de los colaboradores de Ignacio de la Torre. Irene lo había dejado desahogarse sin hacer comentarios y cuando Fernando finalmente se quedó callado aprovechó para aconsejarle que no dejara ir a Riquelme.

—Debes mantenerlo a tu lado hasta que tengas el control absoluto de las empresas.

—Ya es tarde, Irene. Hoy tuvimos una discusión y el viejo decidió renunciar.

—Pídele que vuelva —insistió Irene—. Riquelme, más que tú mismo, representa, por ahora, la continuidad de la imagen de tu padre y aporta, además, la seguridad y la tranquilidad que necesitan los empleados de Cotosa, sobre todo los más antiguos, en momentos de incertidumbre como los que están viviendo hoy. Además, es conveniente que tengas a tu lado a alguien con la experiencia de Riquelme.

¿Tendría razón Irene? Fernando meditaba en ello cuando sonó el teléfono interno.

—Tiene una llamada de Justo Arellano —dijo su secretaria.

—Sí, pásamela.

—Buenos días, jefe. Lo llamo para decirle que anoche, por pura casualidad, me encontré con el investigador Millán y me pidió que le informara que mañana tendrá las buenas noticias que antes mencionó.

—¿Fue todo lo que dijo?

—Sí, en realidad nos vimos de pasada a la salida del cine y no tuvimos oportunidad de conversar.

—Muy bien, Justo, gracias. Veremos de qué se trata.

Luego de colgar, Fernando volvió a pensar en la insistencia de Irene para que mantuviera al viejo Riquelme en la empresa. Él estaba de acuerdo en que la figura del antiguo colaborador de su padre era importante para la tranquilidad de los trabajadores, pero ¿a qué costo?, ¿cuánto podría obstaculizar Riquelme iniciativas de nuevos negocios que no estuvieran de acuerdo con la filosofía empresarial y la moralidad de Ignacio de la Torre? Al despedirse esa mañana, Irene había hecho prometer a Fernando que hablaría con él. «Te aseguro que con tal de no tener que pasarse todo el día en casa cuidando del hijo y de la esposa, estará dispuesto a convertirse en tu cómplice y amigo». Aunque crueles, había mucho de lógica en las palabras de Irene. ¡Pobre Riquelme! Trabajar toda la vida para tener que pasar los años de su retiro haciendo de enfermero. Lo cierto es que el hombre tenía un conocimiento profundo de las finanzas de Cotosa y encontrarle un remplazo no sería fácil. Para borrar lo ocurrido el día anterior, Fernando tendría que comenzar por humillarse un poco y pedirle perdón al viejo. En ese momento le vino a la mente otra de las sentencias de su padre: «No se humilla quien pide perdón sino quien se niega a concederlo». Sin darle más vueltas al asunto, pidió a su secretaria el número de la extensión de don Federico y él mismo hizo la llamada.

—Buenos días, don Federico. Me alegro de encontrarlo aquí. ¿Podría pasar un momento por su despacho?

—¿De qué se trata, Fernando? Yo puedo ir a tu oficina si quieres.

Fernando advirtió que el viejo Riquelme no había utilizado el diminutivo para referirse a él.

—Es algo personal, don Federico. Pasaré por su oficina en diez minutos.

Fernando se sorprendió ante la sobriedad y sencillez de la oficina que ocupaba el director financiero de Cotosa. Dos pesados libreros con volúmenes sobre Finanzas y Economía cubrían casi todas las paredes en las que colgaban un par de diplomas amarillentos. El único adorno que reposaba a un lado del escritorio era un viejo retrato en el que sonreían la esposa y el hijo. Después de saludarlo y de disculparse por el tono de la conversación del día anterior, Fernando repitió, palabras más palabras menos, lo dicho por Irene.

—En fin, don Federico, vengo a solicitarle que permanezca con nosotros hasta que estemos seguros de que las empresas marchan por buen camino bajo mi mando. Es lo que hubiera querido mi padre y es lo que quiero yo.

Riquelme, que no esperaba semejante cambio de actitud en el heredero de Ignacio de la Torre, permaneció unos instantes sin saber cómo responder.

—¿Te das cuenta de que siempre habrá discrepancias entre nosotros? —preguntó finalmente.

—Por supuesto, y no quiero que se las calle sino que me las haga saber. Anoche estuve pensando y llegué a la conclusión de que esas discrepancias obedecen, más que a diferencias de temperamento, al abismo generacional que nos separa, profundizado por la revolución tecnológica que ha cambiado nuestra forma de pensar y, diría yo, hasta de sentir. Lo mismo me ocurría con mi padre. También estoy seguro de que la empresa saldrá beneficiada si unimos su experiencia con mis deseos de continuar acrecentando la obra de Ignacio de la Torre.

—Me has sorprendido, Fernandito, y debo decir que muy favorablemente. Por supuesto que puedes contar conmigo.

Capítulo 8

Después de ganar por estrecho margen el segundo set de su partida de tenis, igualando los sets con su perenne rival del Club Unión, Fernando regresó a descansar y a prepararse mentalmente para ganar el set decisivo. En ese momento timbró su teléfono celular y en la pantalla apareció el nombre de su secretaria. «¿Qué puede haber ocurrido para que llame a las siete y media de la mañana?», se preguntó contrariado.

—Dime, Angélica. ¿Qué pasó?

—Perdone, don Fernando. Sé que no debo interrumpir su juego de tenis pero es que el señor Millán insiste en que es urgente que hable con usted. Ni siquiera sé cómo consiguió el número de mi celular.

—¿Dijo qué quería?

—Solamente que necesita hablar con usted cuanto antes.

Fernando dudó un instante.

—Dile que lo espero en la oficina a las ocho y media.

Rota la concentración —«¿qué noticias traerá el investigador?»—, Fernando perdió ampliamente el tercer set, maldijo a Millán y, sin responder a las puyas de su contrincante, fue a ducharse y vestirse. Cuando llegó al despacho, el investigador lo esperaba sentado en la antesala con un maletín sobre los muslos.

—Buenos días, Millán. Espero que las noticias sean buenas.

Eugenio Millán se levantó y, siempre ceñudo, extendió la mano pequeña y flaca.

—Buenos días, señor De la Torre. Quisiera mostrarle unos documentos.

—Pase, por favor.

Luego de tomar asiento, Millán extrajo del maletín un cartapacio y lo puso sobre el escritorio. Fernando se sorprendió al ver que la sempiterna expresión de seriedad del investigador privado había dado paso al atisbo de una sonrisa.

—Se trata de fotos muy comprometedoras de nuestro amigo Garcés, con declaraciones notariales de testigos incluidas —dijo Millán—. En nuestra primera entrevista mencioné que sabía algunas cosillas del exdiputado que podían facilitar mi trabajo. Investigué a fondo y ahora tiene frente a usted las pruebas de su mayor vicio.

Millán esperó a que Fernando examinara las fotos. En ellas, más de una docena, aparecía Garcés, a todo color desde diferentes ángulos y en diferentes poses, haciendo el amor con muchachos. Había una, especialmente repulsiva, en la que aparecía en la cama con dos chiquillos realizando a la vez actos de sodomía y sexo oral.

—¡Esto es repugnante! —exclamó Fernando, poniendo las fotografías a un lado.

—Lo más interesante para nosotros, señor De la Torre, es que los jóvenes son casi todos menores de edad. Garcés está en serios problemas con la ley.

—¿Y cómo pudo conseguir fotos tan... reveladoras?

—Porque el muy imbécil hace que los muchachos se las tomen y lo graben, supongo yo que para después continuar deleitándose a solas. Lo único que tuve que hacer fue ofrecerles más dinero de lo que él acostumbra a pagar, que por cierto no es mucho.

—Esto es una verdadera bomba —comentó Fernando—. ¿Cómo cree usted que debemos proceder?

—Igual que lo haría él. Ojo por ojo, diente por diente. Como dijo usted en nuestra primera entrevista, extorsionando al extorsionista.

—Pero ¿quién?, ¿cómo?

—Esa decisión es enteramente suya. Si quiere darse el placer de la venganza y confrontarlo personalmente con las fotos, podemos acordar una reunión. Estoy seguro de que esta vez no dejaría de asistir.

Fernando volvió a tomar las fotos, meditó un momento y pensó en voz alta.

—¿Y si alegara que se trata de fotos alteradas? Sin duda esa sería su primera reacción.

—Todo ha sido debidamente previsto. Junto a las fotos hay declaraciones de los chiquillos en las que expresan, ante notario público, que son ellos los que aparecen retratados con Garcés, el tiempo que tienen de conocerlo y de recibir dinero de él a cambio de favores sexuales y, por supuesto, la circunstancia de que son menores de edad. El cerco está completo, señor De la Torre.

Fernando volvió a tomar el sobre y extrajo de él las declaraciones notariales. Una rápida lectura le permitió confirmar que Millán había realizado un trabajo excelente. ¡Tenía a Garcés en su poder! ¿Cómo proceder? ¿Se rebajaría él a tratar directamente con semejante sabandija?

—Procedamos cuanto antes —dijo finalmente—, pero no creo que deba ser yo quien hable con él.

—Yo estoy preparado para hacerlo —respondió Millán enseguida, arrugando más el ceño—. Dígame usted solamente qué debo exigir a cambio de no denunciarlo por pederastia.

Fernando no lo pensó mucho.

—Una retractación pública de *El Sol*, que entre otras cosas deberá decir que sus reporteros han comprobado la falsedad de la denuncia presentada por Aurora contra mi padre. Le pediré a Justo Arellano que la redacte.

—¿Eso es todo? —preguntó Millán extrañado.

—Es lo más importante —Fernando sonrió brevemente antes de añadir—: también le exigiré que me venda el tabloide.

Ahora el sorprendido fue Millán, cuya expresión ceñuda había dado paso a una de asombro.

—No sabía que la compra de *El Sol* estuviera entre sus planes —comentó.

—Digamos que será mi contribución a que la sociedad deje de envenenarse con el amarillismo de Garcés.

—¿Compraría usted el tabloide para sacarlo de circulación?

—Eso está por verse. Puede ser que lo convierta en un diario decente que pase después a formar parte de un conglomerado de medios. Pero nos estamos adelantando, Millán. Realmente ha hecho usted un trabajo inestimable con Garcés. —Fernando comenzó a jugar con el bolígrafo—. ¿Ha logrado algo con Aurora Rodríguez?

—Comencé a hacer los contactos necesarios para investigar sus cuentas bancarias, pero creí conveniente traerle primero las pruebas de la depravación de Garcés. Comoquiera que hasta ahora *El Sol* es el único medio que ha lanzado la noticia de su padre, pensé que una vez neutralizado o, mejor aún, sumado a nuestro bando, la denuncia de Aurora Rodríguez contra su padre perdería relevancia.

—Es muy probable que así ocurra, pero realmente quisiera llegar al fondo de este asunto y lograr que la Fiscalía desestime por falsa la acusación de Aurora.

—No hay ningún problema. Lo volveré a llamar tan pronto tenga algo nuevo.

—Muchas gracias, Millán.

—Es mi trabajo, señor De la Torre. ¿Le dejo a usted la cuenta por los servicios realizados hasta ahora?

—Por supuesto. Ordenaré la transferencia enseguida.

—No hay tanto apuro, pero se lo agradezco.

—No, Millán. Soy yo quien le agradece.

Tan pronto el investigador salió del despacho, Fernando rasgó el sobre para examinar la cuenta. Por las horas de servicio invertidas, incluyendo las de sus asistentes, el monto ascendía a cinco mil doscientos dólares, suma que Fernando encontró muy razonable. Los pagos desembolsados a terceros, doce mil dólares, eran también mucho menos cuantiosos de lo que él había esperado.

Tres días después de la entrevista con Eugenio Millán, bajo el encabezado «Fuimos engañados», *El Sol* aclaró que todo lo publicado en relación con el supuesto delito de pederastia del desaparecido Ignacio de la Torre era falso. «Hoy estamos en capacidad de informar —decía la noticia— que la denuncia presentada por Aurora Rodríguez ante el fiscal de menores es espuria y que la denunciante probablemente persigue extorsionar a los herederos del destacado empresario. Al fiscal que investiga el caso no le quedará otro camino que desecharla».

La primera persona en llamar a Fernando esa mañana fue María Eugenia.

—No sé cómo lo lograste ni quiero saberlo, pero me siento más tranquila —dijo con su acostumbrada lentitud—. Sea como fuere, creo que debemos tratar de que Aurora retire su denuncia.

—Aunque ella quisiera, la ley no se lo permite. Pero trataré de que el fiscal la desestime.

Diez minutos después entraba la llamada de Millán.

—Supongo que habrá leído *El Sol.*

Fernando podía adivinar al otro lado del teléfono el ceño fruncido del investigador.

—Claro que lo leí, Millán. La noticia me pareció excelente.

—Además, nuestro hombre está dispuesto a vender su tabloide.

—¿Cuánto pidió?

—Quinientos mil dólares, pero está esperando una oferta suya.

Fernando meditó un instante.

—Ofrézcale doscientos mil, ni un centavo más, y adviértale que no son negociables.

—Entendido. ¿Hablo con Justo Arellano para los detalles del contrato de compraventa?

—Así es. Le diré que espere su llamada.

—Muy bien, señor De la Torre. Entregaré a Garcés los originales de las fotos y las declaraciones de los testigos pero guardaré copias por si las moscas.

—Me parece bien, Millán. Recuerde que tan pronto terminemos con Garcés debemos concentrarnos en Aurora Rodríguez.

—Ya estoy en ello, señor.

Fernando iba a llamar al abogado cuando entró la llamada de Riquelme.

—Fernandito, acaban de traerme *El Sol.* ¿Qué ha pasado con nuestro amigo Garcés? —preguntó en un tono de voz que denotaba más preocupación que alegría.

—Parece que entró en razón, don Federico. Además, quiere vender el diario así es que dentro de unos días necesitaré alrededor de doscientos mil dólares.

—¿Doscientos mil dólares? Entonces hizo mucho más que entrar en razón. —«Irónico el vejete», pensó Fernando—. Avísame a nombre de quién y a qué cuenta hago la transferencia.

—No habrá transferencia, don Federico. Pagaremos en efectivo.

Hubo un largo silencio.

—¿Estás seguro, Fernando? Cuando se maneja tanto efectivo hay que comunicarlo a la Unidad de Análisis Financiero.

—No, ese aviso no podemos darlo. En vez de un solo pago ¿no podemos hacer varios?

Otro silencio.

—Yo te haré llegar el dinero en efectivo y tú verás cómo lo entregas —dijo Riquelme, finalmente—. Te ruego que tengas mucho cuidado.

—No se preocupe, don Federico. En otra ocasión le comentaré cómo logramos que ese sinvergüenza entrara en razón.

Luego de colgar, Fernando dedicó un momento a meditar en torno a lo ocurrido con Garcés. ¿Cómo habría procedido su padre? Sin duda su estricto sentido de la moral le habría impedido utilizar las mismas armas que utilizó el chantajista. «Si procedemos como los maleantes nos igualamos a ellos», lo había escuchado decir en varias ocasiones. Pero el mundo ideal que conociera su padre había cambiado radicalmente convirtiéndose en una jungla donde predominaba el más fuerte y, si quería mantener sus empresas en el sitio que les correspondía, Fernando tenía que utilizar todas las armas a su alcance, principalmente el dinero y la influencia que otorgaba su uso oportuno. Además, se preguntaba, ¿qué habría realmente detrás de la acusación de Aurora contra su padre? ¿Es posible que la antigua secretaria hubiera sido, también, su amante secreta? ¿La decisión de dejarla fue el motivo de tantos deseos de venganza, que finalmente se manifestaron en una acusación sin sentido? ¿Era tanto el odio de Aurora que no le importaba someter a su hija a un proceso judicial del cual no podía salir indemne?

Si acaso alguna vez había albergado alguna duda, ahora Fernando estaba convencido de que su padre, hombre de principios incuestionables probados a lo largo de su vida, no podía ser un abusador de menores. Él recordaba haber visto a Aurorita en dos o tres ocasiones junto a su madre en la antesala del despacho de su padre. Una niña espigada, lejos todavía de transformarse en mujer. De sus facciones no guardaba ningún recuerdo. Fernando sabía que en varias ocasiones, aprovechando las vacaciones escolares de la pequeña, madre e hija se habían hospedado en la cabaña de Los Susurros. Ignoraba si en algún momento habían coincidido allí con su padre. ¿Valdría la pena investigar? Enseguida se respondió que no. ¿Para qué si estoy seguro de que mi padre está por encima de toda sospecha? En cuanto a Aurora, era mejor esperar el resultado de las pesquisas de Millán antes de decidir de qué manera proceder. Mientras tanto, había mucho por hacer para convertir a Cotosa en una empresa líder no solamente del país, sino de la región. Esta era ahora su prioridad.

Capítulo 9

Transcurriría una semana antes de que Fernando volviera a saber de Eugenio Millán. Llamó al final de la tarde y, como de costumbre, pidió verlo con urgencia. Pasadas las seis, vistiendo la misma ropa y con el mismo ceño fruncido, el investigador estaba sentado nuevamente frente al escritorio de su cliente.

—Entonces, Millán, ¿qué novedades hay?

—El asunto, señor De la Torre, es algo complicado. Todo parece indicar que Aurora Rodríguez o no tiene secretos que ocultar o los oculta tan bien que no hemos podido descubrir nada pecaminoso ni en su pasado ni en su presente. Ella se casó con un tal Manuel Consuegra, un compañero de la universidad, probablemente obligada por sus padres por haber quedado embarazada. El padre de Aurora, Ricardo Rodríguez, es ingeniero químico y se jubiló después de trabajar toda su vida en la empresa Cementos Unidos.

—Es una de nuestras cementeras —interrumpió Fernando—. Mi padre la adquirió algunos años después de fundar la constructora.

—Efectivamente. Según he podido averiguar, Rodríguez fue un excelente empleado y es un hombre de reputación intachable. Su esposa, Manuela Iglesias, maestra de profesión, se jubiló cuando ejercía como directora de la escuela República de Chile. Son gente buena y Aurora es hija única, igual que lo es Aurorita. Después del matrimonio, los recién casados vivieron en casa de los padres de la novia hasta que esta dio a luz. Tres meses más tarde se divorciaron. Aurora continuó sus estudios hasta graduarse de la universidad y Consuegra desapareció del mapa, no sin antes renunciar a la patria potestad sobre su hija legítima. Lo demás lo sabe usted. Recién graduada, Aurora comenzó a trabajar con don Ignacio; es el único trabajo que ha tenido, del cual dimitió a raíz del escándalo. No se volvió a casar, no se le conoce ningún compañero sentimental, aunque de vez en cuando sale con amigas y amigos. Según he podido investigar, ahora se gana la vida cocinando para otros. Aurorita vive con ella, aunque también pasa mucho tiempo en casa de sus abuelos maternos. En cuanto a sus cuentas de banco, no hay tampoco nada extraño que reportar. Mantiene una cuenta corriente en el Banco Anglosajón y una cuenta de ahorros a nombre de su hija en la Caja de Ahorros, en la que depositaba todos los meses la mitad de su sueldo. La cuenta corriente no llega a cinco mil dólares y la de ahorros tiene un saldo de cincuenta y tres mil novecientos cincuenta y siete dólares.

A medida que escuchaba el informe de Millán iba en aumento el desaliento de Fernando. Nuevamente lo asaltaban las dudas. Si Aurora procedía de un buen hogar y ella misma parecía también una mujer responsable y dedicada a su hija ¿por qué, entonces, esa denuncia por pederastia contra su padre? ¿Sería posible que un hombre de tan acendrados valores familiares albergara deseos insospechados? Y si así fuera, ¿habría realmente muerto ahogado en el río Chiriquí Viejo o todo aquello era una farsa orquestada por él para desparecer antes de tener que hacerle frente a la vergüenza y al escarnio? Siquiera pensarlo constituía una ofensa a la memoria de su padre, y Fernando se arrepintió enseguida.

—Aquí le dejo este sobre con algunas fotografías de Aurorita.

—¿Cómo dice? —preguntó Fernando, saliendo de su mutismo.

—Le decía que como parte de mi investigación tomé fotografías de Aurorita. Están en este sobre.

—¿Por qué estas fotos de la niña? ¿Qué me importa a mí cómo luzca?

—Señor De la Torre, usted me ha pedido que investigue a Aurora Rodríguez, quien presentó una denuncia contra su padre por el delito de pederastia. Para cumplir con mi deber profesional he creído necesario incluir imágenes de la presunta víctima para completar el expediente que llevo de todos mis casos. Se las he entregado a usted porque, según creí entender de nuestras conversaciones previas, usted recuerda bien a Aurora pero no a su hija.

—Está bien, Millán, está bien. Las examinaré después. ¿Hay algo más?

—Sí, señor, hay mucho más. —Millán, con aquel gesto estudiado que Fernando detestaba, se inclinó en la silla—. Mis investigaciones indican que de una cuenta cifrada en el Banco Continental, relacionada con Cotosa, salieron hacia un banco del exterior, recientemente, veinte millones de dólares.

—¿Qué dice usted? ¿Veinte millones en una cuenta cifrada? —preguntó Fernando desconcertado.

—Así es, señor De la Torre. Lo que no he podido averiguar, porque mis informantes no pueden arriesgarse a tanto, es quién o quiénes tienen el derecho de firma en esa cuenta.

—No entiendo, Millán. Si pueden informar sobre la existencia de la cuenta y cuánto dinero sale de ella, ¿por qué no pueden revelar también quién firma o quién gira las instrucciones?

—La razón es muy sencilla. Hay otros reportes y registros que permiten determinar cuánto dinero sale de cualquier banco del sistema cuando se trata de transacciones importantes. Pero la identidad de las personas que firman en las cuentas u ordenan las transferencias la saben, únicamente, funcionarios del banco de muy alto nivel.

—Entonces —insistió Fernando alterado—, ¿cómo sabe usted que esa cuenta está relacionada con Cotosa?

—Por la sencilla razón de que los fondos que allí ingresaron fueron transferidos en el mes de abril desde una de las cuentas que mantiene el grupo empresarial Cotosa en el Banco Americano, que es con el cual regularmente trabajan sus empresas, señor De la Torre. Esa información también puede ser obtenida de otras fuentes. Verifíquelo usted mismo.

Fernando no podía creer lo que oía y tardó unos instantes en recobrarse de su aturdimiento. ¿Se habría vuelto loco Millán o sería cierto que su padre mantenía cuentas bancarias que nadie más conocía, ni siquiera él, que era su hijo y sucesor en la empresa?

—Señor Millán, lo que usted me dice es muy grave. ¿Está usted absolutamente seguro?

—Mis informantes, señor De la Torre, y este en particular, me han dado muestras fehacientes de su indudable veracidad. Yo pago muy bien por sus servicios y ellos saben que cualquier información equivocada o engañosa traería como consecuencia inmediata una denuncia que los haría perder el puesto y tal vez ir a parar a la cárcel. No, señor De la Torre, en este juego tan peligroso no caben las mentiras.

—¿Podría averiguar usted en qué fecha se hizo la transferencia de los veinte millones del Banco Americano a la cuenta cifrada del Banco Continental?

—Eso ya lo tengo. La transferencia se hizo el miércoles 10 de abril.

—¿El 10 de abril de este año? —preguntó Fernando incrédulo.

Los dos hombres permanecieron callados hasta que finalmente Millán respondió.

—Efectivamente, el 10 de abril de este año, cuatro días antes de que desapareciera su padre.

Un ligero temblor recorrió la columna vertebral de Fernando, quien volvió a jugar con el bolígrafo. ¿Sería posible que su padre, a sabiendas de la tormenta que se le avecinaba, hubiera simulado su muerte para huir del país sin levantar sospechas? ¿Tendría razón María Eugenia, y su padre estaría aún vivo, oculto en algún lugar del planeta?

—¿Cuándo se enviaron al exterior los fondos de la cuenta del Banco Continental? —preguntó, temeroso de la respuesta.

—El dinero salió el 15 de abril, así que probablemente la orden de transferir los fondos la dio alguien el viernes 12 de abril.

La mente de Fernando dejó de funcionar por un momento, como si no lograra asimilar las terribles implicaciones de la información que acababa de escuchar.

—¿Cuál fue el destino de los fondos? ¿Lo sabe usted?

Al observar la consternación de su cliente, Millán suavizó el tono de voz, se recostó en la silla y procuró no fruncir el ceño.

—La transferencia fue enviada del Banco Continental a un banco situado en las Bahamas. El destino final de los fondos es casi imposible de averiguar, a menos que intente sobornar a los funcionarios del banco de Nassau. Pero se trata de un ambiente que no conozco, que no sé cómo funciona ni cuáles podrían ser las consecuencias, así es que no lo recomiendo.

—¿Entonces? ¿Cómo podemos saber dónde fueron a parar los veinte millones de dólares? —insistió Fernando ofuscado.

—Como le dije, señor De la Torre, es una tarea casi imposible. Cuando una persona quiere evitar a toda costa que se sepa el destino final de una transferencia de dinero, puede utilizar dos o tres bancos en diferentes países y abrir cada cuenta bajo sociedades anónimas distintas. Estas telarañas financieras son frecuentes en el mundo de los fraudes fiscales y los investigadores de los gobiernos afectados, si tienen suerte, tardan años en descifrarlas. En realidad, casi nunca lo logran.

Después de esta última observación de Millán, Fernando dio por terminada la reunión. Como un autómata se levantó de su asiento, dio las gracias al investigador y lo acompañó a la puerta.

—Siento mucho que mis informes no fueran más alentadores, señor De la Torre, pero le prometo continuar con la investigación de Aurora Rodríguez. En cuanto al pago de mis gastos y honorarios...

—Descuide, Millán —cortó Fernando—. Ya usted hizo su parte y me corresponde a mí continuar con este asunto. No hace falta que le pida no comentar con nadie el tema de los veinte millones de dólares.

—No, no hace falta. Le dejaré mi factura con su secretaria. Buenas noches.

De vuelta en su escritorio, Fernando de la Torre se sentó a considerar las posibles consecuencias de las últimas revelaciones del investigador privado. Era un hecho muy significativo que la transferencia de fondos del Banco Americano al Banco Continental se hubiera hecho unos días antes de la desaparición de su padre, alrededor de la misma fecha en que aparecieron en *El Sol* noticias sobre un empresario importante acusado de pederastia. Por otra parte, tal como le informara Riquelme, su padre tenía a su disposición más de doscientos millones de dólares. ¿Por qué conformarse con veinte? ¿Para no afectar la salud económica de las empresas? ¿O tal vez porque veinte millones serían más que suficientes para llevar una vida holgada durante un tiempo, sin llamar la atención? ¿Cómo había realizado la transferencia de la cuenta cifrada del Banco Continental? ¿Había estado su padre en las Bahamas, vigilando la llegada de los fondos? Era poco probable: una isla pequeña no resulta el mejor lugar para esconderse del mundo. En realidad, Ignacio de la Torre podría estar en cualquier parte donde hubiera la tecnología necesaria para ordenar una transferencia bancaria. ¿Tendría tal vez un cómplice, alguien muy allegado a él en quien pudiera confiar un secreto tan terrible como la necesidad de desaparecer para no vivir la vergüenza de una acusación de pederastia? ¡Riquelme! Si a alguien confiaba Ignacio de la Torre temas que ni siquiera se atrevía a discutir con sus hijos era a Riquelme. Fernando miró su reloj: las siete y cuarto de la noche, muy tarde para encontrarlo en su oficina; esperaría hasta mañana. Antes de abandonar el despacho, Fernando se prometió no discutir el asunto con nadie; ni con Irene ni mucho menos con su hermana. Las preguntas a Riquelme las formularía de modo tal que no despertara en él la más mínima sospecha sobre sus temores.

Iba a levantarse de la silla cuando vio el sobre con las fotos de Aurorita. De mala gana lo abrió y extrajo cinco fotos, de ocho por diez pulgadas, en las que, desde diferentes ángulos, se veía a la niña vestida con el uniforme del colegio. Espigada, alta, de formas femeninas ya bien marcadas, Aurorita pasaría por una mujer hecha y derecha de no ser por el uniforme escolar. Un acercamiento en la última foto permitía adivinar un gesto de inocencia en aquel rostro hermoso, de ojos rasgados, nariz respingona y labios carnosos. «Aurorita es una niña que pronto se convertirá en una mujer realmente atractiva», se dijo Fernando antes de devolver las fotos al sobre, que guardó bajo llave en el último cajón de su escritorio. A pesar de que trataba de no pensar en cómo había sido, realmente, la relación de su padre con Aurorita, no pudo evitarlo. ¿Fue solo un momento de debilidad o la intimidad con la niña se había prolongado en el tiempo?

Al día siguiente, a las nueve de la mañana, después de saludar con el acostumbrado «¿En qué puedo servirte, Fernandito?», el viejo Riquelme se encontraba sentado frente al escritorio del hijo y sucesor de Ignacio de la Torre.

—Lo mandé llamar, don Federico, porque he estado revisando los documentos que me envió la semana pasada con las diferentes cuentas que mantiene la empresa en los bancos de la localidad. ¿Existe alguna otra cuenta que no se encuentre en este listado?

—Si recuerdo bien, la lista que te envié también contiene una cuenta en el Citibank de Nueva York, que es la que utilizamos para transferencias desde y hacia el exterior. Estaba incluida, ¿no?

—Así es, don Federico. ¿No hay otras cuentas, de las empresas o de mi padre?

—De las empresas, seguro estoy de que no las hay. En cuanto a cuentas de tu padre, también te envié una lista aparte en la que incluí las dos cuentas que todavía siguen a nombre de él, una en el Banco Americano, donde recibía depósitos y desembolsaba las sumas correspondientes a sus gastos, y otra en el Banco Continental, que utilizaba para hacer transferencias al exterior.

—¿Transferencias al exterior?

—Sí, tu padre era un filántropo que no solamente ayudaba a varias entidades de beneficencia dentro del país, sino también a algunas en el exterior, especialmente en Arequipa. Varias de estas contribuciones obedecían a solicitudes de tu abuelo peruano. —Riquelme hizo una breve pausa—. ¿Te preocupa algo en particular, Fernandito?

—No, nada en particular. Como usted sabe, estoy tratando de poner en orden muchos asuntos, algunos familiares y otros de la empresa. Por lo pronto, supongo que la cancelación de las cuentas de mi padre tendrá que esperar a que se abra la sucesión una vez se declare judicialmente la presunción de su muerte.

—Así es. Los fondos se adjudicarán a ti y a tu hermana, por partes iguales, porque Ignacio no dejó testamento.

—En realidad, no es eso lo que me interesa ahora, don Federico. Al examinar las cuentas de la empresa me percaté de que de la de reserva, la que usted me dijo que tenía alrededor de doscientos millones para inversiones no presupuestadas, se transfirieron veinte millones de dólares a mediados del mes de abril, pocos días antes de que desapareciera mi padre.

Mientras hablaba, Fernando observaba con atención a Riquelme para ver si notaba algún cambio en su expresión, pero el rostro y los ojos celestes se mantenían igual de apacibles.

—¿Sabe usted algo de esta transferencia, don Federico?

—Sé que la transferencia se hizo, Fernandito, porque lo noté inmediatamente en el informe semanal que recibo de cada una de las cuentas. Tu padre desapareció antes de que yo pudiera preguntarle de qué se trataba. Aclaro que ya había ocurrido antes. Así como tu padre decidía de un día para otro llevar a cabo una inversión inesperada, también tenía arranques de filantropía sin previo aviso. Cuando lo conmovía alguna tragedia no vacilaba en echar mano de los fondos de reserva para ayudar. Para esos días estaba muy preocupado por el accidente ocurrido en una mina de no recuerdo qué lugar de Perú donde varios mineros perdieron la vida. Tal vez allá fueron a parar esos fondos.

Fernando volvió a mirar fijamente los ojos de Riquelme en busca del atisbo de una mentira, pero no encontró nada que lo hiciera dudar de la sinceridad del viejo. Finalmente preguntó:

—¿Sabe usted si mi padre mantenía alguna cuenta cifrada?

—Estoy seguro de que no. Tu padre detestaba los secretos y más cuando se trataba de asuntos de dinero. «Quien guarda sus bienes en el anonimato es porque tiene algo que ocultar», solía repetir.

—También yo le oí expresiones similares —corroboró Fernando indiferente—. Gracias, don Federico. Lo llamaré si necesito alguna aclaración adicional.

—Estoy para servirte, Fernandito.

En el relato de Riquelme, que Fernando quería creer, existían muchos cabos sueltos. Él recordaba que su padre le había comentado, un par de semanas antes de desaparecer, su preocupación por la tragedia ocurrida en una mina peruana, pero en ningún momento había mencionado su intención de enviar ayuda. Y veinte millones de dólares era una suma muy gruesa, aun para alguien como Ignacio de la Torre que llevaba a Perú muy cerca del corazón. Además, ¿por qué enviarlos a las Bahamas desde una cuenta cifrada? Tal vez habría alguna manera de averiguar si, efectivamente, los familiares o alguna institución de beneficencia habían recibido una donación anónima por esa cantidad. Pero ¿valdría la pena revolver más el asunto? Lo que más desconcertaba a Fernando eran las coincidencias que rodeaban los hechos: la transferencia de los veinte millones, las primeras publicaciones de *El Sol*, la desaparición de su padre. Si la cuenta cifrada del Banco Continental le pertenecía realmente, entonces era probable que estuviera vivo y en algún momento, cuando pasara el escándalo suscitado por la denuncia de pederastia en su contra, volvería a aparecer. ¿Cuánto tiempo podría transcurrir antes de que tal cosa ocurriera? ¿Seis meses, un año? Y cuando reapareciera, ¿su padre querría volver a asumir el control de sus empresas? Si así fuera, ¿qué ocurriría con los nuevos negocios que Fernando estaba a punto de iniciar y que no eran del agrado de su progenitor? Por más duro que resultara admitirlo, lo mejor que podría ocurrirle a las empresas era que Ignacio de la Torre se mantuviera desaparecido por el mayor tiempo posible, de modo que si algún día decidía regresar se encontrara con un consorcio empresarial mucho más sólido, con mayor presencia internacional y ganancias muy superiores a las que su fundador jamás imaginara. Vistas así las cosas, ¿no sería lo mejor para Cotosa que el proceso por pederastia contra Ignacio de la Torre se mantuviera vigente por el mayor lapso posible? Fernando desechó inmediatamente semejante pensamiento y se reprochó su insensibilidad para con el ser que todo le había dado. «¿Qué me pasa?, ¿qué me pasa?», se preguntaba una y otra vez.

Capítulo 10

La semana siguiente a la de su última entrevista con Millán, que tantas dudas sembrara en su ánimo, Fernando de la Torre se entregó con mayor intensidad al trabajo. Se reunió primero con los abogados del bufete de Rebolledo para revisar las resoluciones de la junta directiva que le permitirían asumir, sin mayores consecuencias legales, el manejo de cada una de las empresas que integraban el grupo Cotosa; examinó los documentos originales del proyecto hidroeléctrico del río San Pablo a fin de planificar los pasos necesarios para la celebración de un contrato con el Estado en los mejores términos posibles, evitando celebrar una licitación pública, que prolongaría innecesariamente el inicio de la obra; integró dentro de Cotosa un equipo capaz de investigar en los países de la región oportunidades para construir plantas de energía renovable o de adquirir alguna que ya estuviera en funcionamiento; supervisó la adquisición de las acciones de *El Sol*, que llevaba a cabo, con absoluta discreción, el abogado Arellano; y convocó a un grupo de ejecutivos, incluido el jefe de relaciones públicas, Víctor Segura, para analizar la posible adquisición de un conglomerado de medios. Pero por más que procuraba mantenerse ocupado cada minuto del día, Fernando no lograba alejar de su mente las dudas en torno a la relación de su padre con Aurorita Rodríguez. Con Irene dejó de verse por un tiempo para no caer en la tentación de hablarle de temas que por ahora quería mantener en la más estricta reserva. Finalmente, fatigado por el exceso de trabajo, decidió ir a pasar el fin de semana a Los Susurros y tratar de despejar algunas de las incertidumbres que lo agobiaban.

Santiago Serracín, cuidador y jardinero de Los Susurros desde que Ignacio adquirió la propiedad, vivía en la hacienda en compañía de su esposa y sus dos hijos, que ahora estudiaban en la capital gracias a una beca costeada por los De la Torre. Aparte de su salario, Santiago percibía las ganancias que le dejaba una parcela ubicada al fondo de la finca, donde cosechaba cebollas, habichuelas, repollos y tomates. Para llevar sus productos al mercado, los De la Torre le permitían el uso de la camioneta. «El secreto de contar con buenos servidores domésticos —solía decir Ignacio—, es hacer que se sientan parte de la familia». Y así había sido siempre: cuando estaban en Los Susurros los miembros de la familia De la Torre procuraban que Santiago se sintiera como uno más.

A las nueve de la mañana del sábado Santiago recogió a Fernando en la pequeña pista de aterrizaje de El Volcán.

—¿El helicóptero es nuevo, verdad? —preguntó mientras subían a la camioneta.

—Así es, mi padre lo había ordenado para remplazar al anterior, que ya tenía sus años, pero murió sin conocerlo.

—La niña María Eugenia piensa que el señor Ignacio aún vive y que volverá en cualquier momento —comentó Santiago con aparente inocencia.

—Es lo que todos quisiéramos, pero no es prudente alimentar falsas esperanzas. ¿Has hablado con mi hermana últimamente?

—Sí, don Fernando. Ella pasó por la finca hace dos semanas. Vino sin la familia. Pensé que usted sabía.

—No, no lo sabía. ¿Te dijo a qué vino?

—No hablamos mucho. Solamente me preguntó por las llaves del escritorio del señor Ignacio.

—¿Y tú se las diste?

—Yo solamente le dije dónde las guardaba su señor padre.

Al advertir que Santiago se ponía a la defensiva, Fernando cambió el giro de la conversación.

—La verdad es que tenía muchas ganas de regresar a Los Susurros. ¿Cómo va todo por acá? La familia ¿bien?

—Todo conforme por casa, patrón. Los muchachos siguen estudiando en la capital y los vemos muy poco. Pero fuera de eso, vamos bien. ¡Ya verá qué tomates y qué habichuelas tan hermosas cosechamos este año! Ahí le tengo un saco para que se lleve.

—Gracias, Santiago.

Continuaron en silencio hasta que divisaron la cabaña y Santiago preguntó:

—¿Le preparo el kayak, señor? La mañana está soleada y no creo que llueva hasta la tarde.

—No, Santiago, prefiero que vayamos a escalar algún cerro, uno no muy difícil. Saldremos tan pronto deje el equipaje y me cambie de ropa.

—Podemos subir al que su padre nombró Cerro del Halcón Peregrino. Está cerca y no es tan empinado.

—Me parece perfecto. En diez minutos partimos.

Mientras se cambiaba de ropa y se calzaba las botas de montañismo, Fernando rememoró las muchas veces que ascendió con su padre el Cerro del Halcón Peregrino, siempre en busca de una planta o de algún ave todavía no avistada por ellos. Sonrió al recordar la manía de su progenitor de inventar nombres a las alturas que escalaban juntos: Cerro Nuboso, Cerro de los Helechos, Cerro Helado, Cerro del Guayabo. El nombre del que hoy escalaría con Santiago se debía al halcón solitario que con frecuencia encontraban al llegar a la cumbre, volando majestuosamente en busca de alguna presa. «¡Es un halcón peregrino!», había exclamado su padre la primera vez que lo divisaron dando vueltas en círculo. Luego le había entregado a él los binoculares y mientras Fernando observaba el ave de rapiña, Ignacio la iba describiendo, como si dictara una clase: «Tiene la cabeza negra, el plumaje de las alas es de un gris azulado y el del pecho blanquecino con manchas también negras. Cuando se lanza en picada tras una presa se convierte en el animal más rápido del mundo. Dicen que alcanza velocidades de trescientos kilómetros por hora». Fernando, que contaba entonces catorce años, recordaba cada detalle de aquel día. Su padre bautizó formalmente el cerro y después hizo algunas anotaciones que al regresar a la cabaña transcribiría en su Diario de Hallazgos. Esa tarde había llovido torrencialmente y, más que andar, padre e hijo resbalaron monte abajo por un largo y sinuoso deslizadero de lodo. Cuando su madre los vio llegar cubiertos de fango de pies a cabeza les recriminó haber salido con mal tiempo y les prohibió entrar a la cabaña hasta en tanto se asearan. Ignacio había aguantado el regaño con estoicismo para después proclamar solemnemente: «Hoy descubrimos el Cerro del Halcón Peregrino». Padre e hijo habían soltado entonces una gran carcajada mientras Emilia continuaba simulando un enojo que estaba lejos de sentir. ¿Dónde habían quedado aquellos días de imperturbable felicidad? Su madre había muerto prematuramente; María Eugenia se había convertido en una histérica; y él venía ahora a Los Susurros en busca de información que le permitiera discernir si su padre realmente había fallecido o si había desaparecido voluntariamente obligado por la humillación de verse convertido en un despreciable pederasta. «Es la vida», se dijo, intentando reprimir el sentimiento de nostalgia que lo acongojaba.

Fernando y Santiago llevaban media hora de ascenso cuando se sentaron en el tronco de un árbol caído para recuperar el aliento.

—Todavía se mantiene en buena forma, don Fernando —comentó Santiago.

—En la capital hago ejercicio cada vez que puedo. Lo cierto es que necesito venir con más frecuencia a Los Susurros.

—Siempre los recuerdo juntos, a usted y a don Ignacio. Remando en el río, subiendo montañas. Me parece mentira que él ya no esté aquí. En los últimos años casi siempre venía solo, excepto aquella vez que usted y él se aventuraron en los rápidos de más arriba, un mes antes del accidente.

Ambos hombres permanecieron un largo rato en silencio, que finalmente Fernando interrumpió:

—¿Acompañaba alguien a mi padre cuando yo no podía venir con él?

—Como le dije, casi siempre venía solo, aunque alguna vez llegó aquí en compañía de su secretaria y la hija.

Fernando tomó un trago de agua de la cantimplora y, fingiendo indiferencia, preguntó mientras se levantaba para continuar el ascenso.

—¿Recuerdas cuándo fue la última vez que vino con ellas?

—Sí, claro. Fue como cinco días antes de que don Ignacio se accidentara. Lo recuerdo bien porque la noche antes de regresar a la ciudad tuvimos que llevar a la señora Aurora al hospital de El Volcán.

—Nada serio, espero —comentó Fernando.

—No lo sé, pero la señora Aurora tuvo que pasar la noche hospitalizada. Don Ignacio me comentó que había perdido mucho líquido y tenían que reponérselo.

—¿Y la niña? —preguntó Fernando.

—La niña Aurorita regresó a la cabaña con su padre. Al día siguiente recogimos a la señora Aurora, que ya estaba mejor, y del hospital los llevé a la pista donde los esperaba el helicóptero.

En ese momento, las dudas que atormentaban a Fernando devinieron en un sentimiento de rabia imposible de controlar. Santiago acababa de confirmar que su padre lo había engañado, a él y a todo el mundo. Como si quisiera castigarse por el pecado ajeno, arrancó a subir por el escabroso sendero a marcha forzada.

—No vaya tan rápido, patrón. Esta es la parte más empinada y a este ritmo no llegará a la cima —le advertía Santiago, jadeando detrás de él.

Pero Fernando no hizo caso y media hora después caía de rodillas, agotado.

—¿Se encuentra bien, don Fernando? ¿Qué le pasa?

Al advertir las lágrimas confundidas con el sudor que se deslizaban por las mejillas del patrón, Santiago dejó de preguntar. Pasaron varios minutos antes de que Fernando se recuperara.

—Hoy no llegaremos hasta la cima —dijo mientras iniciaba el descenso.

—Me asustó mucho, patrón —se quejó Santiago—. Bajemos despacito.

—Estoy bien, Santiago. Solamente quise forzar un poco el cuerpo y poner a prueba el corazón. Como puedes ver, aguantó muy bien. Mi cardiólogo va a estar orgulloso de mí.

De regreso en la cabaña, Fernando se dirigió enseguida al escritorio de Ignacio, ubicado frente a un ventanal en la sala de estar.

—Tráeme la llave —le ordenó a Santiago.

—Me dijo su hermana que había dejado el escritorio abierto.

Fernando se sentó en la silla de su padre y antes de abrir los cajones observó detenidamente el mueble. Era muy antiguo, seguramente adquirido por Ignacio en alguna de las tiendas de anticuarios que solía visitar en sus viajes. Encima del sobre había una pequeña lámpara de lectura, algunos libros y tres fotografías de la familia. Igual que el escritorio, se trataba de fotos muy viejas que habían ido perdiendo el color y el brillo. En una aparecía su madre, en otra él y su hermana y en la última su padre junto a ellos tres. Los rostros de las fotos, igual que entonces la vida, sonreían sin aprensión, aunque Fernando creyó advertir una vaga tristeza en la sonrisa de su madre. ¿Cuántos años habían transcurrido desde que fueron tomadas, quince, veinte?, y ¿adónde había ido a parar aquella felicidad que mantenía unida a la familia? Todo parecía haberse confabulado: la muerte de su madre, el desarraigo causado por el tiempo de estudios, su matrimonio fallido, las excentricidades de María Eugenia y de su marido; y ahora, para rematar, la profunda decepción al confirmar la verdadera razón de la desaparición de su padre. Después de examinar cada uno de los cajones sin encontrar el Diario de Hallazgos, Fernando se levantó para ir en busca de Santiago.

—¿Sabes si María Eugenia se llevó algunos papeles del escritorio de papá?

—No sabría decirle, patrón. Ella, igual que usted, se sentó allí un largo rato pero yo no me di cuenta de nada.

Sin pensarlo dos veces, Fernando llamó a su hermana para reclamarle la sustracción del diario, pero no respondió y el celular le pidió que dejara un mensaje. María Eugenia devolvió la llamada al final de la tarde.

—Hermano, ¡qué alegría saber de ti! —Había un toque de ironía en la voz pausada de su hermana.

—Lo mismo digo, María Eugenia. Te llamo desde Los Susurros, donde vine a descansar el fin de semana. Quise leer el Diario de Hallazgos de papá, pero me informa Santiago que tú te lo llevaste.

Hubo un momento de silencio.

—Sí, yo también estuve por allá no hace mucho y decidí que era mejor tenerlo a buen recaudo. No sé si te diste cuenta de que también me traje su cámara fotográfica, su sombrero favorito y una foto en la que aparece él remando en su kayak.

—En realidad, no me había dado cuenta. En cualquier caso, tenemos que hablar. Como sabes, he estado investigando a Aurora y hace poco...

—¿Encontraste algo? —interrumpió María Eugenia.

—Es de lo que quiero que hablemos, pero no por teléfono.

—¿Cuándo regresas a la capital?

—Mañana en la mañana.

—Entonces ven a almorzar con nosotros. Hace tiempo que no ves a tus sobrinos; no me extrañaría que algún día te los encuentres en la calle y no los reconozcas.

—No exageres, hermana. ¿A qué hora almuerzan los domingos?

—Llega a la una.

—Allí estaré.

Después de colgar el teléfono, Fernando permaneció pensativo. ¿Cuánto le revelaría a su hermana? Hablarle de sus sospechas y de la probabilidad de que su padre siguiera con vida estaba fuera de toda consideración, a menos que antes ella le manifestara que había descubierto algún nuevo indicio en el diario de su padre. Pero no, aunque lo leyera escrito de su puño y letra, la posibilidad de que su padre hubiera cometido un delito jamás sería aceptada por María Eugenia. El recuerdo que ella quería guardar de él era el de un hombre lleno de vida e impoluto que por razones desconocidas un día había decidido desaparecer.

La casa en que habitaba la familia Almanza de la Torre era un reflejo de la personalidad de sus propietarios. Ubicada en Costa del Este, barrio moderno de reciente desarrollo, destacaba por los colores llamativos y las formas extrañas de la fachada y el techo, en el que un sector estaba cubierto de paneles solares. La decoración interior seguía el mismo patrón, con paredes pintadas de diferentes tonos de verde que indicaban el amor de sus ocupantes por el medio ambiente.

Al llegar, Fernando había declarado su asombro por lo muy crecidos que encontró a los gemelos, Antonio y Alberto, y por la hermosura de la pequeña Lorena. Lo primero era cierto, lo segundo una exageración porque, lamentablemente, la niña se parecía mucho a la madre. El almuerzo, servido en una tabla de madera rústica cortada de algún árbol de gran grosor y sostenida por dos pedestales de ramas retorcidas, transcurrió sin mayores incidentes. Antonio Almanza, plenamente poseído de su papel de intelectual, habló con gran prosopopeya del desarrollo de la educación universitaria en el país, mientras María Eugenia, como buena madre, comentaba sobre el excelente desempeño escolar de sus hijos. Después de los postres, Antonio anunció que se llevaba a sus hijos al cuarto de la televisión a ver el acostumbrado documental educativo de los domingos y María Eugenia invitó a Fernando a tomar café en el estudio.

—Antes que nada, Fernando, me alegro de que hayas venido —comenzó María Eugenia—. Si algo nos ha enseñado nuestro padre es la necesidad de mantener unida a la familia. Ojalá podamos repetir estos almuerzos.

—De acuerdo, hermana. Debo felicitarte por lo bien que estás educando a los muchachos.

—Mi marido y yo, además de padres, somos educadores, Fernando, y eso facilita las cosas. Es una lástima que tú no tengas descendencia. Tal vez algún día ¿no? Aunque mientras sigas con Irene lo veo difícil.

Advirtiendo que María Eugenia comenzaba a lanzar sus puyas, Fernando decidió pasar enseguida al asunto que lo había llevado a casa de su hermana.

—Como te dije en el teléfono, quisiera volver a leer el diario de papá. ¿Podrías...?

—Antes de hablar del diario —interrumpió María Eugenia—, me gustaría que me contaras de Aurora. ¿Qué averiguaste de esa desvergonzada?

Fernando se revolvió en la silla y dudó un instante antes de responder. ¿Hasta dónde contarle?

—Me temo que no mucho —respondió finalmente—. No sé si te lo dije, pero contraté un investigador privado, por cierto muy minucioso y profesional. Hasta ahora no ha encontrado nada extraordinario. Parece que Aurora procede de una buena familia y su hija, Aurorita, producto de un desliz estudiantil, ha sido criada por ella con el único apoyo de los abuelos. Madre e hija viven modestamente y en las cuentas bancarias de Aurora no hay nada que levante sospechas de dineros mal habidos. A pesar de que no le sobra el dinero, a raíz de la denuncia contra nuestro padre renunció a la empresa sin percibir la indemnización laboral que por ley le habría correspondido en caso de despido, un gesto desconcertante por decir lo menos. En fin, pareciera que se trata de gente normal.

—¿Gente normal? —gritó María Eugenia—. ¿Te olvidaste de que esa desgraciada denunció a nuestro padre por pederastia? Ni siquiera le importó involucrar a su propia hija. ¿Cómo es posible que ahora la defiendas?

—No la estoy defendiendo. —Fernando trataba de mantener la calma—. Me limito a decirte lo que encontró el investigador a quien, por supuesto, le pedí que continuara las averiguaciones.

—Esa no es la impresión que me das —dijo María Eugenia todavía alterada—. Si la muy mosquita muerta no anduviera en busca de dinero, ¿por qué denunció a papá, exponiendo a su propia hija?

María Eugenia se quedó mirando largamente a Fernando y en sus ojos asomaron un par de lágrimas, que enjugó enseguida.

—¿Me estás tratando de decir con tu silencio que crees que papá es un pederasta? ¿Es eso lo que piensas? —peguntó más dolida que asombrada.

—No veo por qué te empeñas en llegar a conclusiones estúpidas —respondió, finalmente, Fernando—. Lo único que he hecho es contarte el resultado del informe del investigador, a quien, como también te dije, le pedí que siguiera indagando. ¿Por qué esa amargura, esas ansias de imaginarte lo peor con tal de encontrar razones para chocar conmigo? Pero así has sido toda la vida, hermana, y ya es muy tarde para que cambies. ¡Pobre de tu marido y pobre de tus hijos que tienen que aguantarte el resto de sus vidas!

María Eugenia, con agilidad insospechada, saltó de su silla.

—No te metas con mi marido ni con mis hijos —vociferó, levantando una mano admonitoria—; no te lo permito ni a ti ni a nadie.

—No se me ha ocurrido hacerlo. Dije solamente que me dan lástima. —Fernando se levantó—. En realidad, esta visita ha sido un error pero antes de irme quiero que me entregues el diario de papá.

—De ninguna manera y mucho menos ahora que sé cómo piensas de él.

Fernando decidió que no valía la pena seguir discutiendo y se largó sin despedirse de Antonio ni de los sobrinos. Al llegar al auto, su primer impulso fue llamar a Irene para compartir con ella las dudas y resquemores que había suscitado en su ánimo las inquietantes revelaciones de los últimos días. Pero ni siquiera a su exesposa y amante se atrevía a confiar la terrible sospecha o, más que sospecha, certeza, de que su padre seguía con vida en algún lugar del planeta y que el accidente del río Chiriquí Viejo no había sido más que una simulación provocada por la vergüenza del delito cometido. Tampoco quería hablarle del resultado de las investigaciones de Millán, de los veinte millones sustraídos de las cuentas de Cotosa, de la noche que su padre había pasado solo con Aurorita en la cabaña de Los Susurros, en fin, de la perfecta y fatal coincidencia de cada uno de los hechos que culminaron con su desaparición y presunta muerte. No, no hablaría de ello con Irene ni con nadie y soportaría en solitud todo el dolor, toda la desilusión y toda la humillación. En cuanto al proceso por pederastia en contra de su progenitor, no haría nada por impedir que siguiera su curso. Tampoco hablaría con Aurora y le pediría a Millán no continuar investigándola. Todas sus energías las dedicaría a convertir a Cotosa en la empresa más importante de la región, concentrándose sobre todo en la producción de energía renovable y en la adquisición de medios de comunicación que le permitieran influenciar en la opinión pública. Si algún día su padre decidía regresar, encontraría que la empresa que él fundó se había convertido en un verdadero imperio económico capaz de defenderse de cualquier ataque y de influir en la toma de decisiones de los gobernantes. El abogado le había informado que en diez años prescribiría el delito de pederastia atribuido a su padre. Aunque la vergüenza no tenía término de prescripción, diez años fue el tiempo que se dio para concretar sus planes.

Capítulo 11

Fernando de la Torre había consagrado los primeros meses que siguieron a la desaparición de su padre a consolidar su liderazgo en las empresas. Con la asesoría legal de la firma de Rebolledo y la labor cotidiana de Justo Arellano, allanó el camino para lograr que las juntas directivas de cada una de las compañías que integraban el grupo Cotosa lo ratificaran sin demora en el cargo de presidente ejecutivo con los más amplios poderes. A don Federico Riquelme, además de mantenerlo como director financiero, lo designó como su consejero personal y en cada una de las reuniones que atendían juntos, Fernando hacía énfasis en que don Federico representaba la continuidad en las empresas creadas por Ignacio de la Torre. El director financiero y el presidente ejecutivo habían acordado de palabra que aquel no se opondría a la incursión de Cotosa en medios de comunicación y en empresas generadoras de energía eléctrica renovable a cambio de que este no negociara nuevas inversiones con el gobierno durante los próximos cinco años, término durante el cual Riquelme permanecería al frente de las finanzas. Poco tiempo después de encargarse de la dirección ejecutiva de las empresas, Fernando remplazó a algunos directores de la vieja guardia de su padre, que cuestionaban, solapadamente, su forma de hacer negocios, y nombró a personas fieles a él, entre las cuales mantuvo al abogado Arellano y al publicista Segura. Fernando había redoblado sus esfuerzos con el gobierno para la construcción de la hidroeléctrica del río San Pablo y, para allanar el camino, él mismo se encargó de negociar con los aborígenes que, en defensa del caudal del río, se oponían al proyecto. La negociación culminó con la promesa de la empresa de construir nuevas viviendas, escuelas y centros de salud a cambio de que los aborígenes colaboraran en la ejecución de las obras. Tan exitosa había resultado la transacción que el nombre de Fernando se empezó a mencionar con insistencia en los diarios y en las redes sociales como posible candidato a vicepresidente en las próximas elecciones, rumor que él mismo se encargó de desmentir, utilizando para ello sus propios medios de comunicación. Cuatro años después de formalizado el acuerdo con el gobierno para la construcción de la presa en el río San Pablo, la nueva empresa se convirtió en la mayor generadora de energía eléctrica en el país. Para entonces el grupo Cotosa contaba también con una estación de televisión, cinco radiodifusoras y dos periódicos, entre ellos *El Sol*, que, desoyendo los consejos de Riquelme, Fernando se había rehusado a cerrar. Aunque todavía operaba en pérdida, la empresa de medios servía para defender los intereses del conglomerado empresarial y la imagen de su presidente ejecutivo. Como parte de su estrategia financiera, Fernando había decidido aceptar las invitaciones que con cierta frecuencia le hacían otros empresarios que querían tenerlo como socio minoritario. A diferencia de su padre, él sí creía en la diversificación y pensaba que colocar dinero en otras empresas exitosas, además de abrirle la oportunidad de lucrar a costa del emprendimiento de otros, también le permitía afianzar la influencia de Cotosa en la comunidad empresarial.

Después del último encontrón en casa de María Eugenia, los hermanos De la Torre habían dejado de verse y de hablarse. Cuando, por el motivo que fuera, surgía la necesidad de comunicarse, utilizaban intermediarios, tarea que, por tratarse casi siempre de asuntos vinculados a las empresas, recaía en el abogado Julio Rebolledo, fundador de la firma que llevaba su nombre. Fernando enviaba periódicamente a la cuenta bancaria de María Eugenia una porción de las ganancias, suficiente para que su hermana no se quejara, viviera holgadamente y pudiera seguir mejorando la calidad de su Universidad Privada Internacional. Consciente de que en un futuro cada vez más cercano se presentaría la necesidad de hablar acerca de la distribución de la herencia del padre desaparecido, Fernando iba acumulando en un fideicomiso, del cual él mismo era beneficiario, el grueso de las ganancias del grupo Cotosa, dinero que luego utilizaría para negociar con María Eugenia.

El ascenso meteórico de Fernando de la Torre en el mundo empresarial del país y de la región no pareció alterar en lo más mínimo su manera de comportarse en sociedad. Asistía únicamente a aquellos eventos que guardaban relación con alguna de las muchas obras filantrópicas que él patrocinaba o a las fiestas de la propia empresa, entre ellas la de Navidad, en la que solamente permanecía el tiempo necesario para saludar y pronunciar un breve discurso de agradecimiento por otro año de buenos resultados. Aunque en las redes sociales y en algunas notas periodísticas se le atribuían relaciones con mujeres reconocidas por su belleza o por sus éxitos artísticos o políticos, Fernando seguía siendo leal a Irene, única persona a quien confiaba sus proyectos, sus triunfos y sus frustraciones.

Cuando se cumplieron los primeros cinco años de la desaparición de Ignacio de la Torre, fue a su exesposa a quien Fernando le consultó primero cómo proceder. Él sabía que su hermana se opondría rotundamente a una declaratoria judicial de presunción de muerte de su padre y esa oposición podría retrasar durante muchos años la culminación del proceso. «Negocia con ella», le había aconsejado enseguida Irene.

—No creas que no lo he pensado, pero resulta muy difícil, si no imposible, negociar con una persona que ni siquiera te saluda.

—Búscate un intermediario, alguien en quien los dos confíen.

—Hace un par de días hablé con el abogado Rebolledo, que nos conoce a ambos desde pequeños, pero me advirtió que ya María Eugenia lo había llamado para decirle que jamás aceptaría pedir ante un juez la declaración de muerte de nuestro padre y que si acaso yo lo lograba, ella se opondría a que se abriera el juicio de sucesión.

—Entonces Rebolledo es el hombre. Hazle una oferta a través de él que ella no pueda rehusar.

—Se ve que no conoces a María Eugenia. En ella se combinan la terquedad y la histeria con tal intensidad que le mantienen la inteligencia permanentemente obnubilada.

—Y tú no conoces a las mujeres. Hazla sentir que si acepta la oferta no tendrá que preocuparse más por su futuro ni por el de su familia. Te aseguro que eso la convencerá.

Y así fue. Bajo la guía del abogado Rebolledo y antes de interponer la petición de declaratoria de presunción de muerte del padre de ambos, Fernando compró los derechos sucesorios de su hermana, por los que pagó cien millones de dólares, y además se obligó a entregarle por diez años una suma equivalente al veinte por ciento de las ganancias de Cotosa, con un mínimo de diez millones anuales. Para salvar cara, María Eugenia también exigió que se dejara constancia notarial de que a pesar de haber solicitado junto a su hermano la declaratoria de presunción de muerte de su padre y de haberle vendido sus derechos hereditarios, ella mantenía la certeza de que su padre seguía con vida. Fernando, a quien lo único que realmente le interesaba era el control de las acciones de la empresa, había aceptado sin polemizar los caprichos de su hermana.

La crisis económica que se inició en el año 2008, que afectó sobre todo a las empresas multinacionales, también sorprendió a Fernando, que recién acababa de invertir una suma considerable de dinero en Perú, el país de su abuelo, para la instalación de tres plantas de energía renovable: una hidroeléctrica, una eólica y otra solar. Y si bien los ingresos tradicionales de Cotosa sufrieron una baja importante, fueron precisamente las inversiones en energía renovable las que le permitieron capear el temporal financiero sin mayores consecuencias. La imagen de Fernando de la Torre como líder empresarial de amplia visión adquirió una nueva dimensión en el país y en la región y lo llevó al convencimiento de que era él y no su padre el verdadero creador y el responsable del imperio económico De la Torre. El ego de Fernando espumó al mismo ritmo que sus ingresos pero, lejos de hacer alarde de su éxito, el hijo de Ignacio de la Torre se volvió más retraído y misántropo. Trabajar y producir más dinero se convirtió en una verdadera obsesión sin que él mismo comprendiera cuál era la meta que lo animaba.

Para entonces, Federico Riquelme se había retirado definitivamente de la empresa y el recuerdo de su padre apenas titilaba cobijado en las profundidades de su memoria. Aurora, Aurorita y el proceso por pederastia, aún pendiente en una Fiscalía de Menores, eran historia remota. Pero todo aquel pasado se convirtió de pronto en un inquietante presente el día que Justo Arellano fue a su oficina a informarle que su hermana acababa de interponer una acción judicial pidiendo al juez que revocara la declaratoria de presunción de muerte de Ignacio de la Torre y ordenara la restitución de todos sus bienes. También le informó Arellano que hacía dos días el juez de menores había decretado la prescripción de la acción penal dentro del proceso por el supuesto delito pederastia que se le había seguido a su padre.

Lo primero que a Fernando se le vino a la mente al escuchar las inesperadas noticias fue que Ignacio de la Torre, en la complicidad de María Eugenia, había decidido reaparecer sin que ya nadie pudiera exigirle rendir cuentas por lo acontecido diez años atrás en la cabaña de Los Susurros. ¿Cómo enfrentaría a su padre y a su hermana en caso de que estos intentaran recobrar el control de las empresas? Él no iba a permitir que nadie, ni siquiera su padre, le arrebatara aquello que con tanto trabajo y disciplina había construido. Pero antes de proceder, era preciso saber el terreno jurídico que pisaba y decidió llamar al abogado Rebolledo.

—Buenos días, don Julio. Lo molesto porque...

—Mi tiempo es tuyo, Fernando, y tú nunca molestas. ¿En qué puedo servirte?

—Gracias por su fineza, don Julio. Se trata de un asunto delicado que no quisiera conversar por teléfono. ¿Cree usted que pueda recibirme al final de la tarde? ¿Alrededor de las seis?

—No faltaba más, Fernando. A esa hora te espero.

El bufete de Rebolledo y Asociados, cuyo principal cliente era Cotosa, ocupaba los tres últimos pisos de uno de los edificios más lujosos del sector bancario de la ciudad y el despacho del fundador y socio principal se hallaba en la esquina que mejor vista ofrecía de la bahía y de uno de los viaductos marinos que rodeaba la capital del país. A las seis en punto la secretaria anunció la llegada del señor De la Torre.

—Don Julio, le agradezco nuevamente que me haya recibido enseguida —saludó Fernando.

—Nada, nada, Fernando. Siéntate, por favor, que esta es tu casa. Si no me ofrecí a acudir a tu oficina es porque presiento que se trata de uno de esos asuntos en los que la confidencialidad entre cliente y abogado resulta indispensable y creí más prudente que nos viéramos acá.

—Así es, don Julio. Voy directamente al grano.

Fernando hizo un breve recuento de lo ocurrido desde la desaparición de su padre en el río Chiriquí Viejo y de las diferencias surgidas entre él y su hermana, derivadas principalmente de la negativa de María Eugenia a aceptar la muerte de Ignacio. Habló del intento de soborno del antiguo propietario de *El Sol* mediante la publicación de noticias escandalosas, de las cuales el tabloide había tenido que retractarse y, sin darle mayor importancia, de la acusación presentada por la antigua secretaria privada contra su padre por un supuesto delito de pederastia, recientemente desestimada por las autoridades por haber transcurrido el término de prescripción. Le recordó también al abogado cómo, gracias a sus acertados consejos, había logrado asumir el control de las empresas de su padre mientras se cumplía el plazo de cinco años que debía transcurrir antes de poder solicitar la declaratoria judicial de presunción de muerte.

—Le reitero, don Julio —concluyó Fernando—, mi reconocimiento porque en todo este proceso he contado siempre con el decidido apoyo de Rebolledo y Asociados. Pero, sobre todo, le agradezco su oportuna intervención personal como mediador en la negociación con mi hermana que me permitió adquirir la parte que le habría correspondido a ella de la herencia de nuestro padre.

—Aunque ha pasado mucho tiempo, lo recuerdo bien. Me complace que al final llegaran a un acuerdo justo para ambos —don Julio hizo una pausa—. ¿Cómo marchan hoy las cosas entre ustedes?

—Las diferencias se han profundizado. No sé si se ha enterado, pero ahora ella ha instaurado un juicio absurdo en el que pide que se revoque la declaratoria de presunción de muerte de mi padre. Yo consulté con el licenciado Sandoval, de este bufete, quien atiende nuestros asuntos litigiosos, y me dijo que dado que Rebolledo y Asociados son abogados de Cotosa, empresa en la que también tiene intereses mi hermana, prefería no atender el caso. Me recomendaron a un tal Plinio Fernández. ¿Lo conoce usted?

Rebolledo no ocultó su contrariedad.

—Sí, conozco a Fernández; es un buen litigante. Pero me extraña que Sandoval considere que existe un conflicto que nos impide llevar del caso. Si no me equivoco, en la transacción entre ustedes a María Eugenia no se le dieron acciones de la empresa.

—Así es, le pagué cien millones de dólares por la mitad de la herencia, pero además tuve que reconocerle el veinte por ciento de las ganancias netas por diez años, con un mínimo de diez millones anuales. Fue la única forma de quitármela de encima y mantener el control del ciento por ciento de las acciones, indispensable para la toma de decisiones que permitieron a las empresas crecer exponencialmente.

—Ah, ya veo. Entonces María Eugenia sí mantiene un interés directo en Cotosa y Sandoval hizo bien en no aceptar el caso. Pero, ¿en qué se fundamenta tu hermana para pedir que revoquen la declaratoria de muerte de Ignacio?

—En una foto, don Julio, en una simple foto que tomó hace más de dos años una amiga suya en algún lugar de Asturias, en la que aparece un hombre parecido a mi padre. María Eugenia me la envió en aquellos días, pero yo no le presté mayor atención. Es verdad que el sujeto de la foto se asemeja mucho a mi padre, pero siempre creí que la amiga, que entonces estaba enferma y falleció poco después, la había retocado para alimentar la esperanza o, más bien, la terquedad de María Eugenia, que nunca ha querido aceptar la muerte de papá.

—¿Quién es el abogado que representa a tu hermana en el juicio? —preguntó Rebolledo.

—José Félix Mantilla. No lo conozco, pero asumo que ella le habrá ofrecido mucho dinero.

—Yo sí conozco muy bien a Mantilla. Es un hombre muy presumido y no creo que aceptara un caso tan notorio, como sin duda lo será este, a menos de que su cliente tenga evidencias mucho más contundentes de que Ignacio sigue con vida. Yo no me ocupo de litigios, pero estoy seguro de que ningún juez se atrevería a revocar una declaratoria de presunción de muerte si no aparece, en persona, el pretendido difunto.

—Es lo lógico y razonable, pero necesito saber, para estar preparado, qué pasaría si los jueces le dieran la razón a María Eugenia.

El abogado se rascó la cabeza y miró fijamente a Fernando antes de responder.

—Insisto en que no creo posible que los tribunales de justicia tomen una medida tan drástica como la de devolver a la vida jurídica a quien ha sido declarado judicialmente muerto, a menos, claro está, que el individuo, efectivamente, reaparezca. Por eso estimo que lo procedente es plantearnos la pregunta hipotética de qué ocurriría, jurídicamente hablando, si Ignacio de la Torre aparece después de haber sido declarado muerto. ¿Tendría derecho a reclamar los bienes que le pertenecían antes de la declaratoria de presunción de su muerte? No me atrevo a dar una respuesta sin antes analizar el caso y consultar con algunos de mis socios.

—Muy bien, don Julio —dijo Fernando mientras se levantaba—. Otra vez, muchas gracias y espero su llamada.

Capítulo 12

Fernando salió del despacho de Rebolledo más preocupado que cuando entró. De la conversación sacó en claro que, de estar vivo, su padre podría tener derecho a reclamar las acciones de Cotosa. ¿Qué ocurriría, entonces, con su posición como presidente ejecutivo de las empresas? ¿Dónde quedaban los cien millones de dólares que él había pagado a María Eugenia por la compra de los derechos hereditarios? ¿Y los demás pagos que ella venía recibiendo de las ganancias netas de la empresa? El embrollo era muy grande y en ese momento tuvo ganas de ir a tomar una copa a casa de Irene para relajarse y disipar de la mente tantos problemas. No la había vuelto a ver después de su último viaje a Perú, país donde Cotosa había hecho inversiones cuantiosas que él supervisaba personalmente. En realidad, ya el placer sexual no era el motivo principal de sus encuentros. Aunque todavía compartían el lecho, ni él ni Irene eran las fieras eróticas de diez años atrás. La camaradería había ido ganando terreno a la pasión y con el tiempo los encuentros se habían convertido en prolongadas conversaciones íntimas en las que cada uno confiaba al otro sus triunfos, sus fracasos, sus problemas, sus incertidumbres y sus angustias. A veces hacían el amor, a veces solamente conversaban. En el lapso transcurrido desde la desaparición de su padre, Fernando jamás había confiado a nadie, ni siquiera a Irene, su viejo temor de que Ignacio de la Torre estuviera vivo, oculto en alguna parte del planeta, y mucho menos las razones de ese temor. Tal vez lo haría ahora que su padre estaba a punto de volver al escenario después de más de diez años de haber hecho mutis. Sin pensarlo más, marcó el número de su exesposa en el celular.

—Fernando, ingrato, ya era hora de que me llamaras. —Había un enojo juguetón en la voz de Irene—. ¿Cuándo regresaste del Perú?

—Llegué la semana pasada pero he estado de cabeza poniéndome al día. Ya sabes que tú...

—¿Más de una semana? —interrumpió Irene—. Ahora no sé si quiero hablar contigo.

—Trataba de decirte que tú eres siempre la primera en todas mis listas.

—La primera después de los ministros, de tus socios y sabrá dios de quiénes más.

—Estás exagerando, mujer. ¿Podemos vernos esta noche?

—Llamas muy tarde; tengo una cita importante.

Hubo un breve silencio.

—Estoy bromeando, bobo. —Irene soltó una carcajada—. Aquí te espero. Puedes comprar comida en el camino.

—Estaré allá en una hora.

Cumplidos los temidos cuarenta años, la hermosura de Irene había perdido algo de sensualidad. Las curvas del cuerpo se habían suavizado, sus senos ya no se erguían tan airosos como antes y las sonrisas comenzaban a dejar huellas en sus mejillas. A Fernando le confiaba, cada vez con más insistencia, su deseo de acudir a la cirugía y al bótox para volver a ser la de antes. «Tan pronto empiezas con los retoques te conviertes para siempre en esclava del bisturí y de las toxinas», le advertía Fernando. «Además, me gustas más ahora. Tu belleza de antes infundía algo de temor; la de hoy es más amigable». A Irene no le hacían ninguna gracia los comentarios de su exmarido. «Será por eso que ahora me tratas más como amiga que como amante», le había reclamado, entre en broma y en serio.

Esa noche, después de consumir un exquisito pato pekinés acompañado de la usual botella de tinto, Fernando le contó a Irene los pormenores de su último viaje a Perú. Tan bien marchan los negocios —dijo con ironía— que el recién electo presidente le había enviado un mensajero para informarle que su gobierno estaba interesado en adquirir parte de las acciones de Cotosa Perú, empresa que incluía una hidroeléctrica, una planta solar y otra eólica, que generaban un total de cuatrocientos cincuenta megavatios de energía renovable y producían significativos ingresos. También expresó su preocupación por la crisis económica que seguía produciendo inestabilidad en las bolsas de Estados Unidos, Europa y Asia, cuyos efectos comenzaban a sentirse en América Latina y afectarían, sobre todo, a empresas como Cotosa, que se habían expandido a otros países de la región y mantenían importantes reservas invertidas en instrumentos bursátiles y bancarios. Como siempre, Irene escuchó sin interrumpir hasta que Fernando terminó de hablar.

—¿Es eso lo único que te preocupa? ¿Por qué no me cuentas cómo van los asuntos con tu hermana?

—¿Te refieres a la demanda loca que ha puesto para tratar de resucitar a mi padre?

—Sí, a eso me refería. El tema está que hierve en las redes sociales. Algunos hasta aseguran que Ignacio de la Torre está a punto de reaparecer.

—No sabía que se había levantado una polvareda, aunque supongo que detrás de todo está mi hermana. ¿Qué quieres que te diga? Ella sigue encaprichada en creer que él no ha muerto y lo quiere resucitar, aunque sea judicialmente.

—¿Y tú qué piensas, Fernando? ¿Sientes algún temor?

Antes de que su antiguo marido pudiera responder, Irene se acurrucó bajo su hombro, comenzó a acariciarle el cuello, bajó las caricias a sus muslos y luego pasó a sus partes íntimas. Fernando la atrajo más hacia sí y le besó la frente. Ella levantó la cara, sonrió con ternura y le ofreció sus labios. Luego de un beso prolongado, se desnudaron mutuamente y sin premura hicieron el amor hasta que ambos alcanzaron juntos el placer definitivo. «Estuvo delicioso», dijo Irene, mientras volvía a acurrucarse en brazos de Fernando. Un rato después, se levantó y fue al baño en busca de una toallita húmeda. Desnuda todavía, fue limpiando, con paciente ternura, los restos de semen de los muslos y el miembro de Fernando, que la dejó hacer hasta que una nueva erección le permitió volver a penetrar a Irene, esta vez con más ímpetu y ardor. «Como en los viejos tiempos», gimió ella, antes de soltar un grito de placer en el momento del clímax.

Después de dormitar un rato, Fernando fue en busca de unas batas de baño y sirvió un par de copas de vino.

—En realidad, no sé qué pensar —dijo, retomando la pregunta de Irene, como si el tiempo se hubiese detenido mientras hacían el amor—. A veces pienso en lo que ocurriría si un día mi padre regresara a la vida. ¿Qué pasaría con el control y manejo de Cotosa, con las nuevas inversiones en medios de comunicación y en la generación de energía que hemos llevado a cabo aquí y en otros países?

Irene permaneció pensativa unos instantes.

—¿Te preocupa realmente? ¿Tienes algún indicio que sugiera que tu padre vive?

Fernando apuró el vino y fue a servirse otra copa. ¿Le contaría a Irene sus temores? Por ahora no, tal vez más adelante, cuando él mismo hubiera aclarado algunas cosas.

—No, no tengo ningún indicio.

—Entonces, deja de preocuparte. Aunque tu padre estuviera vivo, sería ya muy mayor para sostener una guerra contigo por el control de las empresas. Lo más probable es que te felicitara por lo bien que has sabido manejarlas y lo mucho que has aumentado sus activos y sus ingresos. —Irene se enderezó en el sofá, se ajustó el cinturón de la bata y miró fijamente a Fernando a los ojos—. ¿Hay algo que no me has contado?

—No, nada. Los mismos problemas que siempre aquejan a empresas como la nuestra —contestó Fernando, sonriendo con displicencia—. Ya te conté que en Perú tienen un presidente que pretende que el Estado participe con el sector privado en inversiones claves para el desarrollo; que la bolsa neoyorquina es un yoyo que sube y baja sin que nadie sea capaz de predecir qué pasará con el dinero allí invertido; que las inversiones que hicimos en televisión, radiodifusoras y periódicos todavía no comienzan a dar ganancias; que los bancos amenazan con aumentar las tasas ahora que se avecina un alza de intereses en Estados Unidos; que la corrupción se ha institucionalizado en el país y cada funcionario quiere su parte del botín; que el sindicato de los empleados de la construcción, quienes reclaman salarios exorbitantes, está a punto de declarar una huelga que paralizará varios de nuestros proyectos; que acabamos de detectar un faltante importante en la tesorería de la empresa y sospechamos que el asistente del jefe de las finanzas es el responsable. Lo mismo de siempre, Irene, problemas endémicos en la vida de las grandes empresas.

—Y en la de sus presidentes ejecutivos —acotó Irene.

—Así es.

Los antiguos esposos se sumieron en un prolongado silencio hasta que Irene preguntó:

—Y el juicio que la secretaria de tu padre había puesto contra él, ¿en qué quedó?

—Terminó hace una semana a favor de mi padre. El juez declaró prescrito el delito.

—Es una buena noticia. Y la secretaria de Ignacio, ¿Aurora, no? ¿Qué ha sido de ella y de su hija?

—No he vuelto a saber nada de Aurorita ni de su madre.

—¿Nunca llegaste a hablar con Aurora, verdad?

—No, en aquel momento decidí no hacerlo. Creo que fue lo mejor.

—Tal vez, aunque me imagino que te sentirías más tranquilo si en lugar de declarar prescrita la acción, el juez hubiera reconocido la inocencia de tu padre.

Fernando se quedó mirando detenidamente a su exmujer. ¿En qué andaba Irene?

—Estoy seguro de que se trataba de un vil chantaje. Luego de que los periódicos desenmascararon a Aurora, el asunto dejó de tener importancia mediática. Ella no volvió a hacer nada más, ni para bien ni para mal, y el proceso quedó paralizado hasta ahora, que el juez de menores decretó la prescripción.

—Y poco tiempo después tu hermana presentó una demanda para que se declare que tu padre está vivo. ¿No te parece extraño?

—¿Qué estás insinuando?

Irene no pudo descifrar si el tono de voz y la reacción de Fernando eran de asombro, desilusión o contrariedad.

—No insinúo nada, querido. Solamente trataba de razonar contigo.

Fernando miró su reloj, dio un beso en la mejilla a Irene y se levantó.

—Hora de marcharme. Tengo un partido de tenis mañana temprano y después me espera un día largo y tedioso.

Irene siguió a Fernando a la habitación para ayudarlo a vestirse.

—¿Cuándo nos volveremos a ver? —preguntó, melosa, mientras le anudaba la corbata.

—Muy pronto, espero. Hace tiempo que no voy a Los Susurros y pensaba ir este fin de semana. Te invitaría pero sé que eres una mujer urbana que no disfruta de la soledad y el silencio de la campiña.

—Tal vez te sorprenda. Si te decides, llámame.

La mañana siguiente Fernando recibió la llamada del abogado Rebolledo indicándole que había investigado el tema discutido el día anterior y que tenía una respuesta. Añadió que prefería no hablarlo por teléfono y le solicitó algún correo donde escribirle, solicitud que Fernando acató enseguida y minutos más tarde le llegó el dictamen del abogado. Tras un estudio concienzudo del Código Civil y de los pocos precedentes judiciales que pudo encontrar, Rebolledo llegaba a la conclusión de que cuando reaparecía con vida un individuo cuya presunción de muerte había sido declarada judicialmente se le debía restituir la propiedad de todo aquello que le pertenecía antes de su desaparición, salvo los intereses y frutos producidos por sus bienes. En otras palabras, y sin entrar en mucho detalle, Ignacio de la Torre tendría derecho a recuperar todos sus bienes, incluyendo las acciones de sus empresas, pero no los frutos y dividendos ya repartidos. «Debo añadir —concluía el abogado— que hay un área gris en relación con los nuevos activos».

A pesar de que estaba preparado para enfrentar una situación legal adversa, Fernando temió que todo aquello por lo que había trabajado a lo largo de los últimos diez años se fuera al carajo. Él había multiplicado por diez los activos y rendimientos del consorcio empresarial creado por su padre, logrando que Cotosa se convirtiese en una de las empresas más reconocidas e influyentes de la región y él mismo en uno de los líderes empresariales de mayor prestigio. Su nombre aparecía con frecuencia en los diarios y revistas, nacionales e internacionales, y se le consideraba un líder en materia de responsabilidad social y filantropía. Su jet privado le permitía desplazarse sin escalas a donde su presencia fuera requerida para rozarse con políticos y empresarios del más alto nivel y se rumoraba que en breve el nombre de Fernando de la Torre figuraría en la lista de los más ricos de Latinoamérica publicada por la revista *Forbes*. ¿Todo eso para qué? Su padre reclamaría nuevamente el control de sus empresas y en complicidad con María Eugenia no tardarían en reducirlas al tamaño de sus magras ambiciones o, aún peor, llevarlas a la bancarrota. Pero ¿qué ocurriría con los cien millones que le había pagado a su hermana por la mitad de las acciones de Cotosa? ¿Ofrecería, tal vez, esta circunstancia una oportunidad de luchar con éxito para mantener el control de las empresas? Sin pensarlo más, él mismo llamó al teléfono celular de Rebolledo.

—Soy yo, don Julio. Leí su correo y me quedé pensando. Si realmente mi padre reapareciera, ¿en qué quedaría la transacción con mi hermana y los cien millones que le pagué por la mitad de las acciones de Cotosa? Existen, además, multiplicidad de contratos celebrados por la empresa que también se verían afectados.

El abogado se demoró en responder.

—Aunque ahora no puedo darte una respuesta fundamentada, comprendo tu inquietud y puedo adelantarte que cada situación jurídica debe ser examinada por separado. En el caso de tu hermana, el contrato por medio del cual te vendió la mitad de la herencia y, por consiguiente, el cincuenta por ciento de las acciones que le habrían correspondido en Cotosa, tendría que ser resuelto como única manera de devolver a Ignacio la propiedad sobre la totalidad de las acciones de la empresa.

—¿Y los cien millones? ¿Quién me los devuelve?

—Allá iba, Fernando. Tú le devolverías a tu hermana las acciones, ella, a su vez, se las entregaría a Ignacio, quien quedaría obligado a rembolsarte el dinero que pagaste por ellas.

—Ese dinero ya no existe, don Julio. María Eugenia y su marido se dedicaron a invertirlo en locuras. Crearon en su universidad facultades nuevas que han sido un rotundo fracaso; invirtieron más de veinte millones de dólares para construir un hotel ecológico en un lugar que compraron cerca de Los Susurros, que no demora en quebrar; se convirtieron en uno de los mayores donantes de Green Peace y de otras organizaciones internacionales dedicadas a salvar el planeta; en fin, derrocharon y siguen derrochando el dinero a manos llenas, a tal punto que para mantener su nivel de vida y sus excéntricas contribuciones a cuanta ONG se les acerca, dependen enteramente de las ganancias de Cotosa que yo les entrego.

—En ese caso, Fernando, ella tendrá que ver cómo te paga. Se me ocurre que si realmente tu padre regresara, lo cual todavía es una mera hipótesis, lo más lógico sería que Cotosa le preste el dinero a María Eugenia, o que lo haga algún banco con la garantía de las acciones de la empresa. Se trata de un problema jurídico distinto al que plantearía el regreso de tu padre.

—Entiendo, don Julio, pero eso no me ayuda mucho. Lo volveré a llamar.

—Antes de colgar, Fernando, permíteme preguntarte. ¿Hay algo nuevo acerca de tu padre que yo, como tu abogado, deba saber? ¿Obedecen tus consultas a que, realmente, crees que él sigue con vida?

Fernando dudó un momento.

—No hay nada nuevo, don Julio, por lo menos nada que yo sepa. Tal vez María Eugenia me está contagiando su locura. Adiós y gracias.

Después de terminar la llamada, Fernando sintió curiosidad por saber qué haría el abogado Rebolledo en caso de que, efectivamente, su padre apareciera y surgiera una controversia legal por la propiedad de Cotosa. ¿A quién escogería como cliente? ¿A él o a su amigo de muchos años, Ignacio de la Torre? Probablemente la decisión dependería de a cuál de los dos le viera mayores probabilidades de triunfar en el juicio en el que se disputaría la propiedad de la empresa. El pensamiento lo llevó a la necesidad de consultar lo antes posible a Plinio Fernández, el abogado que lo representaba en el proceso instaurado por su hermana.

La inesperada llamada del presidente ejecutivo de Cotosa solicitándole una reunión urgente sorprendió a Plinio Fernández, quien enseguida ofreció trasladarse a las oficinas de Fernando, sugerencia que Fernando descartó. «En su despacho podremos hablar con más calma sobre el estado del juicio», dijo en el teléfono.

A las tres de la tarde entraba Fernando de la Torre en la oficina del licenciado Fernández, a quien solamente conocía por referencias. El despacho era muy modesto, con expedientes esparcidos por todas partes y las paredes cubiertas de estanterías en las que los libros se apretujaban sin ningún orden.

—Finalmente conozco a mi cliente —saludó el abogado mientras se levantaba para estrechar la mano de Fernando—. Como puede observar, a los abogados litigantes nos resulta imposible mantener ordenados nuestros despachos.

—Me da mucho gusto conocerlo, amigo Fernández. Como bien dice usted, ya era hora. Y le aseguro que en mi oficina tampoco impera el orden.

—Siéntese por favor, señor De la Torre.

—Le ruego que me llame Fernando.

—Fernando, entonces. Supongo que viene para que hablemos de la demanda entablada por su hermana.

—Así es, licenciado.

—Plinio es mi nombre.

—Bien, Plinio. Más que las particularidades del caso me interesa saber su opinión en cuanto a si realmente es posible que mi padre esté vivo.

Sorprendido por la pregunta, el abogado se inclinó, apoyó los codos en el escritorio y clavó el ojo que miraba derecho en el rostro de Fernando.

—No me atrevo a opinar sobre si su señor padre está vivo o no. Lo que sí puedo asegurarle es que con una simple fotografía, única prueba que hasta ahora la parte demandante ha presentado dentro del juicio, veo sumamente difícil que ningún juez se atreva a revocar una declaratoria judicial de presunción de muerte emitida por un tribunal de justicia hace más de cinco años. Yo conozco solamente un caso en la jurisprudencia donde un juez revocó una declaratoria previa de presunción de muerte sin la comparecencia en el juicio del supuesto difunto.

—¿Qué caso fue ese?

—Un señor que desapareció durante un safari en alguna parte de África; lo dieron por muerto y quince años después reapareció en Marruecos. Estaba postrado en cama pero lúcido, y su abogado logró demostrar, con documentos fehacientes, que se trataba del mismo individuo cuya presunción de muerte había sido declarada diez años antes. El presunto difunto inició un juicio que terminó en un arreglo en el que los herederos tuvieron que devolverle gran parte de los bienes. —El abogado dudó un instante antes de proseguir—. ¿Acaso sabe usted algo que yo ignore?

—No, nada —se apresuró a responder Fernando—. Pero en vista de que el cadáver de mi padre nunca apareció, siempre quedaron dudas. Además, si mi hermana ha llegado al extremo de instaurar un juicio, supongo que debe contar con alguna otra evidencia, aparte de la foto. A propósito, ¿tiene usted la foto? La vi hace muchos años, cuando mi hermana me la envió después de haberla recibido de su amiga Clotilde Jiménez.

—Tengo mucho más que eso —dijo el abogado Fernández, mientras sacaba un sobre de uno de los cajones del escritorio—. Yo contraté un experto que removió la barba y el bigote de la foto original en la que figura el sujeto parecido a su padre. Mi propósito era compararla con algunas fotografías de Ignacio de la Torre publicadas en internet o en los diarios. Aquí tiene, ampliado, el resultado de ese ejercicio.

Fernando tomó la foto fingiendo indiferencia pero apenas la contempló su expresión cambió de manera radical. El parecido con su padre era, verdaderamente, asombroso, y el retrato parecía decirle, desafiante: «Estoy con vida y algún día regresaré». Se tomó varios segundos antes de levantar la vista y continuar simulando.

—Sin duda hay un gran parecido —dijo, intentando sonreír—. Me viene a la mente aquello de que en este mundo de más seis mil millones de habitantes todos tenemos algún doble. Ahora lo creo. ¿Puedo quedarme con la foto?

El abogado Fernández, que había observado el cambio de expresión en el rostro de su cliente, también sonrió.

—Yo también he escuchado que todos tenemos un doble en alguna parte, aunque debo confesarle que esta es la primera vez que se me presenta la oportunidad de comprobarlo. Quédese usted con esa copia que yo tengo varias.

¿Había ironía en las palabras del abogado? Fernando volvió a observar la foto antes de meterla en el sobre.

—¿Podemos estar seguros de que esta es la foto que tomó la amiga de mi hermana? —preguntó en un último intento de negarse a aceptar que el sujeto de la foto fuera su padre—. ¿No es posible que mi hermana la hubiera sustituido por otra antes de presentarla al juicio?

—Es lo primero que me vino a la mente —respondió el abogado—. Para poder comparar las fotos solicité al juez la práctica de un peritaje en la cámara utilizada por la amiga de su hermana, pero lamentablemente el aparato no se pudo encontrar. Parece que la difunta se lo regaló a un sobrino que después viajó fuera del país. El testigo llamado por mí al juicio, Pedro Alfonso Jiménez, esposo de Clotilde, declaró que la fotografía que le mostré era la que había tomado su esposa y negó que ella la hubiera alterado con el propósito de que el individuo que allí aparece se asemejara más a Ignacio de la Torre.

—Pero es posible que sí lo hubiera hecho, que Clotilde sí hubiera alterado la foto en algún momento antes de enviársela a mi hermana —razonó Fernando con menguada esperanza.

—Todo es posible, señor De la Torre, pero yo debo guiarme por las constancias judiciales. Por ahora, desde el punto de vista probatorio, la foto que figura en el expediente, cuya copia modificada como le he expresado le acabo de entregar, es la que tomó Clotilde Pereda de Jiménez en su viaje a Asturias, que luego le envió a María Eugenia de la Torre. Yo tengo citada a su hermana al juicio para preguntarle, precisamente, si la foto que le envió su amiga y la foto que se presentó en el juicio son la misma. Estoy seguro que su respuesta será que sí se trata de la misma foto, pero por lo menos sembraré en su mente el temor de haber cometido perjurio, que, como usted sabe, es un delito.

—Muy bien, Plinio —dijo Fernando mientras se levantaba—. Le agradezco mucho su tiempo y le ruego que me avise de cualquier noticia.

El abogado Fernández se puso de pie para acompañar a su cliente hasta la puerta y después de abrirla le advirtió:

—No disponemos de mucho tiempo; el plazo para descargar las pruebas vencerá en diez días. En cualquier caso, nosotros, como terceristas interesados, no estamos obligados a probar nada. La carga de la prueba recae siempre sobre quien afirma la existencia de un hecho y en este caso es su hermana quien debe probar que Ignacio de la Torre está vivo. Lo mantendré informado si surge alguna novedad y le ruego que haga usted lo mismo.

—Cuente con ello, Plinio.

Mientras aguardaba a que el chofer lo recogiera, Fernando volvió a examinar la foto. Sin lugar a dudas, el sujeto que le devolvía la mirada era su padre. «¿Y ahora qué?», se preguntó. En ese momento lo invadió una profunda sensación de soledad. A lo largo de su vida Fernando nunca había cultivado una verdadera amistad. Ni en la escuela ni en la universidad ni en el mundo de los negocios ni en su vida social. Irene era la única persona en quien se atrevía a confiar, pero la encrucijada que ahora lo abrumaba estaba más allá de la relación con su exesposa y amante. Pensó en el viejo Riquelme, que tanto quiso a su padre. Después de su retiro definitivo de la empresa no había vuelto a saber de él. ¿Qué habría ocurrido con la esposa y con el hijo? ¿Vivirían todavía? Su egoísmo le impedía compartir dichas y aflicciones, propias o ajenas. Se había convertido en una verdadera máquina, un robot programado para hacer negocios y ganar dinero; los demás solamente le importaban si podían serle de alguna utilidad. De tanto reprimir emociones su rostro se asemejaba cada vez más al de un jugador de póquer profesional, inexpresivo y huérfano de emociones. Había aprendido a controlar todos sus impulsos, incluida aquella vieja costumbre de jugar con el bolígrafo para calmar los nervios que lo acompañaba desde el colegio. Por un instante cruzó por su mente la idea de llamar a su hermana, reunirse con ella, confrontarla y preguntarle de una vez por todas dónde estaba su padre y por qué se había mantenido oculto todos estos años. Pero no, María Eugenia había dado sobradas muestras de que no quería nada con él y, si ella llegara a confiarle algo, nunca podría estar seguro de que había dicho la verdad. Su pensamiento giró entonces hacia Aurora y su hija. ¿Qué edad tendría ahora Aurorita? ¿Veintidós, veintitrés años? ¿Habría llegado ya el momento de hablar con ellas para averiguar cuánto había de cierto en las acusaciones lanzadas contra su padre? No, aún no es tiempo, concluyó. Su prioridad ahora no era averiguar cuán apegado a las normas morales había vivido realmente Ignacio de la Torre sino, simplemente, si aún vivía. Pero antes se prepararía para la guerra. A Fernando no le gustaban las sorpresas, mucho menos aquellas que podrían dar un vuelco a su vida y a sus logros.

Capítulo 13

Después de analizar minuciosamente los estados financieros de Cotosa, Fernando llamó a Manuel Vivencio, empleado que había ascendido dentro de la empresa hasta ocupar el cargo de vicepresidente de finanzas en remplazo del viejo Riquelme y cuya mejor cualidad era la absoluta lealtad que profesaba al presidente ejecutivo. Y es que Vivencio defendía a capa y espada las decisiones de su jefe ante cualquiera que osara cuestionar las políticas financieras o contables de la empresa, ya se tratara de los auditores externos, de los banqueros o de los inspectores del Ministerio de Energía. Si a petición de alguno de ellos se veía forzado a revisar y modificar los informes financieros, Manuel Vivencio lo hacía a regañadientes y sentía una auténtica vergüenza en el momento de comunicárselo a Fernando. Su mayor placer consistía en ser consultado por su jefe a la hora de tomar decisiones, y esa mañana entró a la oficina del presidente ejecutivo con la esperanza de que se tratara de una de esas oportunidades.

—Siéntate Manuel, que hay un asunto que quiero conversar contigo —dijo Fernando, y una sonrisa asomó fugazmente en el rostro inexpresivo de Manuel Vivencio—. Durante mi último viaje a Perú recibí una noticia preocupante: el gobierno está analizando seriamente la posibilidad de adquirir, o expropiar, las acciones de nuestra empresa de energía. No tengo que decirte que una decisión de esa naturaleza afectaría seriamente los balances de Cotosa, sobre todo ahora que nuestras inversiones pasivas están sufriendo las consecuencias de la crisis económica. Lo que quiero consultarte es la mejor manera de proteger las reservas líquidas, que hoy ascienden a trescientos millones de dólares, gran parte de las cuales se encuentran registradas a nombre de Cotosa Perú. El objetivo es impedir que el gobierno peruano tenga acceso a ese dinero en caso de que se le ocurra expedir un decreto expropiando las acciones o los activos de la empresa.

—Le recuerdo, don Fernando, que las reservas líquidas aparecen en los balances como parte del capital y, aunque no están hipotecadas a los bancos acreedores, tenemos la obligación de solicitarles autorización si queremos distribuirlas como dividendos.

—Así es, Manuel, y no es mi intención distribuirlas. —«Tendría que darle un porcentaje a mi hermana», pensó—. Lo que se me ocurre es crear una nueva empresa, transferirle las reservas y que esta asuma, a su vez, idéntica obligación frente los bancos acreedores. ¿Qué te parece?

—Supongo que los bancos van a preguntar la razón del cambio.

—Así es. Y cuando lo hagan, tú les explicarás que tememos una expropiación en Perú y por lo delicado del tema es preciso mantenerlo en absoluto secreto.

—¿A título de qué haríamos la transferencia?

—Los detalles te los dejo a ti, Manuel, aunque creo que debemos utilizar un banco que no tenga sucursal en nuestro país. Lo importante es crear enseguida una nueva empresa, emitir las acciones a nombre de Cotosa para satisfacer a los bancos y transferir las reservas a una cuenta de la nueva sociedad en la que yo tendría la única firma. —Advirtiendo la expresión de extrañeza en el rostro de su subalterno, Fernando agregó—: Es la manera de preservar la confidencialidad. Este asunto solamente lo conoceremos tú y yo. A la junta directiva le informaríamos, de ser necesario, en la última reunión del año.

—Me pongo a trabajar en ello, don Fernando. Gracias por la confianza.

—No, Manuel, gracias a ti. En tus manos queda preservar la salud financiera de la empresa. ¿Crees que puedes terminar el trámite en dos semanas?

—Trataré de que sea antes, don Fernando.

Cumplida la misión de crear un fondo para su defensa y otras eventualidades, Fernando se sintió en libertad de dedicar todas sus energías a investigar el paradero de su padre. Pensó en llamar a Eugenio Millán, con quien había tenido una buena experiencia en el pasado, pero habían transcurrido muchos años desde la última vez que conversaron y ni siquiera sabía si aún se dedicaba a la investigación privada. Para averiguarlo llamó por el teléfono interno a Justo Arellano, quien le informó que Millán no solamente seguía activo, sino que su empresa de investigaciones había prosperado hasta convertirse en la más solicitada del país. Acordaron que Justo concretaría una reunión para esa misma tarde a las seis.

A la hora acordada entró Millán a la oficina de Fernando de la Torre. Había encanecido un poco, pero su figura y la expresión del rostro no habían cambiado. La misma mano menuda y flaca estrechó la de Fernando y el mismo ceño fruncido dio cuenta de la seriedad del encuentro.

—Han pasado muchos años, Millán. Me informan que ha prosperado usted mucho.

—No tanto como usted y sus empresas, señor De la Torre. Recibir su llamada fue para mí motivo de mucha complacencia. ¿En qué puedo servirle?

—Por ahora, solamente quiero hacerle unas consultas relacionadas con el juicio que recientemente instauró mi hermana alegando que mi padre está vivo y que, por lo tanto, deben devolvérsele sus derechos. ¿Conoce usted el caso?

—Tanto como conocerlo, no. Pero sí estoy enterado de su existencia y también de que hace poco terminó, por prescripción del delito, el proceso iniciado hace diez años en la Fiscalía de Menores contra su padre.

—Veo que sigue usted bien informado.

—La información es la esencia de mi trabajo, señor De la Torre.

—Bien, déjeme ver por dónde empiezo... aunque, en vista de que usted conoce la historia, probablemente lo mejor es comenzar por el final.

Millán se recostó en la silla, cruzó los brazos, aflojó un poco el entrecejo y se aprestó a escuchar a su cliente.

—La prescripción de la acción penal por el posible delito cometido por mi padre, sumada al juicio iniciado posteriormente por mi hermana y otras circunstancias, me han llevado a pensar que es probable que él no haya muerto ahogado en el río Chiriquí Viejo. Según me cuentan los abogados, en caso de que Ignacio de la Torre reapareciera con vida, el juez tendría que ordenar la devolución de sus derechos tal como existían antes de que se decretara la presunción de su muerte. Usted sin duda comprenderá que yo, como único accionista y presidente ejecutivo de Cotosa, tengo que prepararme para cualquier eventualidad. Son más de veinte empresas en las que laboran alrededor de siete mil quinientos empleados que de una forma u otra se verían afectados. ¿Me sigue usted, Millán?

—Por supuesto, señor De la Torre. Comprendo perfectamente su dilema. ¿Cómo cree usted que puedo ayudarle?

—Investigando si Ignacio de la Torre sigue vivo en algún lugar del planeta; tratando de encontrarlo. ¿Se cree usted capaz de emprender esta tarea?

Millán no pudo evitar un gesto de sorpresa.

—Son palabras mayores —dijo finalmente—, pero estoy dispuesto a intentarlo. ¿Le parece si examinamos los hechos acaecidos desde la desaparición de su padre a ver si existe algún elemento que hayamos pasado por alto?

—Adelante, Millán.

—Antes que nada, ¿qué probabilidades hay de que su padre realmente sufriera un accidente fatal mientras remaba en el río? ¿Estaba él en buena forma?, ¿sabía manejar un kayak?, ¿era un buen nadador?

Fernando meditó un momento antes de decidir sincerarse con Millán.

—Mi padre maniobraba muy bien el kayak y era buen nadador, aparte de que siempre llevaba puesto un chaleco salvavidas y un casco protector. Nuestras averiguaciones confirmaron que el día del accidente había llovido torrencialmente en la cabecera del río Chiriquí Viejo por lo que es posible, o, más que posible, probable, que una cabeza de agua lo sorprendiera mientras bajaba los rápidos. Sin embargo...

—¿Es lo que piensa usted que sucedió? —interrumpió Millán.

—Fue lo que pensé hace diez años, cuando ocurrió el accidente. La policía encontró el kayak volteado en un recodo del río, mucho más abajo de donde normalmente el cuidador de la finca esperaba a mi padre. Pero su cuerpo nunca apareció, ni tampoco el chaleco salvavidas, ni el casco, ni nada. Buscamos por todo el litoral sin éxito. Las autoridades llegaron a la conclusión de que su cadáver había sido devorado por los tiburones que infestan las aguas en la desembocadura del río.

—Para viajar se requiere, además de dinero, un pasaporte, aunque por experiencia sé que no es difícil obtener uno falso —meditó en voz alta Millán antes de preguntar—: ¿Encontraron ustedes el pasaporte de su padre después de que él desapareció?

—Fue lo primero que busqué, hace ya varios años, cuando usted me informó sobre el envío de veinte millones de dólares de su cuenta a bancos del exterior. El pasaporte y sus documentos personales, excepto la licencia de conducir y la cédula de identidad personal, que siempre llevaba consigo, se encontraban donde debían estar.

—Yo vislumbro dos posibilidades —reflexionó Millán—. La primera, que su padre, al momento de subir al kayak, no hubiera planeado nada y con motivo del accidente se le ocurriera la idea de desaparecer. La segunda...

—Mi padre, señor Millán, siempre ha sido en extremo disciplinado y meticuloso. Planificaba cada aspecto de su trabajo y de su vida, así es que no creo que de pronto decidiera desaparecer. Además, está el tema del dinero enviado al exterior como si quisiera asegurarse de tener una vida holgada, por lo menos mientras permanecía desaparecido.

—Concuerdo con usted, no solamente por lo que afirma sobre la personalidad de su padre, sino porque desaparecer como lo hizo él es, si no imposible, sumamente difícil, sobre todo para un hombre tan conocido. Si fue algo premeditado, y seguimos en el campo de las especulaciones, nos queda entonces determinar quién o quiénes fueron los cómplices que lo ayudaron a llevar a cabo el acto de magia. Alguien debió recogerlo en un lugar previamente acordado, alguien falsificó o hizo falsificar su pasaporte y sus nuevos documentos de identidad y alguien lo ayudó a salir del país por vías inusuales. ¿Ha pensado usted en ello, señor De la Torre? ¿Ha pensado usted en que si existió un cómplice es muy probable que este conozca el paradero actual de su padre?

Fernando no contestó enseguida. Aunque en algún momento el pensamiento había cruzado por su mente, no había profundizado en la idea de posibles cómplices. ¿Quién o quiénes podrían ser? Luego de meditar unos instantes, respondió:

—Recuerde que estamos hablando de un suceso ocurrido hace más de diez años. En aquellos días la idea me pasó por la mente. Recuerdo que Santiago Serracín, el cuidador de Los Susurros, fue un primer sospechoso, pero él estaba tan angustiado como mi hermana y como yo. Había esperado a mi padre largas horas en el lugar de costumbre antes de salir a buscarlo río arriba y se sentía responsable de lo sucedido. Me dijo que esa mañana le había advertido que tuviera mucho cuidado porque estaba lloviendo en la cabecera del río. Aparte de él, no se me ocurrió nadie más a quien mi padre pudiera acudir si planeaba desaparecer.

—La persona a la que yo me refería no puede ser un simple cuidador, sino alguien con conexiones y conocimientos suficientes para hacer desaparecer a un personaje como Ignacio de la Torre. ¿Qué me dice de su hermana?

Fernando no pudo reprimir una carcajada.

—Mi padre jamás le hubiera confiado a María Eugenia semejante misión. Ella sería la peor de las cómplices porque, en realidad, no sabe organizar nada.

—Entonces es posible que el cómplice fuera alguien que ustedes no conocían, puede que un extranjero contratado especialmente para ayudarlo a desaparecer sin dejar rastro.

—Entiendo su razonamiento, aunque se me hace difícil creer que mi padre fuera capaz de tanta... premeditación, y mucho menos de confiar en un extraño.

—Es factible —prosiguió Millán, imperturbable— que fuese la misma persona que hizo falsificar los documentos y que luego de poner a su padre en un transporte apropiado, un barco de pesca o un carguero pequeño, lo esperó o contrató a alguien que lo esperara en algún puerto de la región para después ayudarlo a viajar, con una nueva identidad y una nueva apariencia, a algún rincón del mundo donde permaneció oculto por un tiempo antes de trasladarse a España.

—¿A España? —preguntó Fernando.

—Sí. La foto del doble fue tomada en Asturias, ¿no?

—Así es —admitió Fernando, que comenzaba percibir algo de ironía en las palabras del investigador.

En realidad, a pesar de la lógica con la que Millán describía los pormenores del asunto, le costaba mucho trabajo aceptar que un hombre como su padre, acostumbrado a una vida plena de comodidades, pudiera desaparecer de un día para otro y adaptarse a otro estilo de vida en el que su principal objetivo fuera pasar desapercibido. ¿Tanta vergüenza sintió después de agredir sexualmente a la hija de su secretaria? ¿Hasta dónde había llegado ese abuso? La única persona capaz de responder esa pregunta era Aurorita. ¿Debería, acaso, pedirle a Millán que la confrontara y le ofreciera dinero a cambio de la verdad? No, nadie más que él podría realizar esa tarea y Fernando todavía no se sentía capaz de intentarla. Primero habría que encontrar a su padre; después ya vería cómo proceder.

—¿Está usted dispuesto a viajar a Asturias a ver si da con mi padre?

—Yo estoy dispuesto a todo, señor De la Torre —respondió Millán sin titubear—, pero debemos tomar en cuenta que si su padre sigue empeñado en no ser descubierto, es muy probable que viva en cualquier rincón de España, de Europa o del mundo. También puede ocurrir que mientras yo lo busco, lo cual podría tomar mucho tiempo y consumir mucho dinero, él decida reaparecer, como usted teme.

—Y también es probable que si lo localiza usted antes y yo lo confronto, decida quedarse donde está y seguir su vida de incógnito —replicó Fernando.

La expresión de asombro en el rostro del investigador logró aflojarle, por un instante, el entrecejo.

—Estoy exagerando, Millán —aclaró Fernando—. Mi padre tiene hoy más de setenta años y aun en el caso de que, efectivamente, reapareciera, lo más seguro es que las empresas continuarían funcionando bajo mi mando y él se retiraría a pasar sus últimos años disfrutando de la vida bucólica, leyendo y escuchando música en Los Susurros, que es lo que siempre quiso hacer.

Un largo silencio se instaló entre los dos hombres, finalmente quebrado por Millán.

—Bien, señor De la Torre, ¿podría facilitarme usted la foto que presentó su hermana en el juicio?

—Sí, por supuesto —dijo Fernando mientras abría el cajón del escritorio—. Aquí tiene dos fotografías: la que fue presentada en juicio, en la que el sujeto aparece con barba y bigotes, y la que me entregó el abogado encargado del caso, en la que la barba y el bigote han sido removidos. —Fernando se quedó mirando la segunda foto antes de entregársela a Millán—. El individuo que aparece en esta última es idéntico a mi padre. Yo guardo otras copias así es que puede quedarse con ellas.

Millán comparó las fotos con detenimiento.

—Muy interesante —reflexionó Millán—. Coincidencias más increíbles se han dado en la vida. Lo lee uno en las novelas y piensa que son producto de la imaginación del escritor pero…

—No estamos hablando de una novela, Millán —interrumpió, molesto, Fernando, que solamente leía periódicos y alguna que otra revista.

—Ya lo sé, señor De la Torre; no era mi intención incomodarlo. Una última pregunta: ¿recuerda usted si su padre se dejó crecer la barba o el bigote alguna vez? Lo pregunto porque el sujeto de la foto es dueño de una barba y un bigote muy tupidos.

Era una pregunta que Fernando nunca se había hecho. Recordaba que su padre se afeitaba todos los días y que a veces él se burlaba porque para hacerlo se enjabonaba la cara con brocha y porque había sido probablemente el último hombre en mantenerse fiel a las navajas de afeitar Gillette de doble filo. Cuando desaparecieron del mercado las había buscado por todas partes y se había puesto feliz al encontrar dos paquetitos de la hoja azul en un pequeño mercado de El Volcán. Fernando sonrió al recordar que había guardado aquellas últimas Gillette como un verdadero tesoro y que para que le duraran las afilaba en un vaso de vidrio antes y después de cada afeitada. Pero, por más que intentaba, no podía recordar si la barba de su padre era copiosa. Solamente se rasuraba una vez en la mañana, aunque cuando visitaban Los Susurros a veces pasaba un par de días sin afeitarse. Él lo notaba porque le resultaba extraño ver a su padre desaliñado, pero no recordaba mayores detalles.

—Mi padre nunca se dejó crecer ni bigote ni barba. En mis recuerdos su barba era normal, no llamaba la atención ni por hirsuta ni por rala —dijo finalmente.

—Me parece un detalle interesante. Vayamos a otro tema: ¿me permite usted que entreviste a Pedro Alfonso Jiménez? Es el testigo que presentó su abogado, Plinio Fernández, en el juicio instaurado por su hermana. Él podría darme información que me permita ubicar el pueblo donde se tomó la foto del sujeto que se parece a su padre.

—Conozco a Jiménez y no es alguien en quien se pueda confiar. Mi abogado lo llamó como testigo en el juicio únicamente para restarle valor a la fotografía tomada por su esposa fallecida, pero él sigue siendo muy amigo de María Eugenia y no creo que quiera colaborar. ¿Por qué habría de hacerlo?

—No sé. Han pasado algunos años y tal vez quiera hacer un esfuerzo por recordar cuando le diga que lo que pretendo es tratar de localizar a Ignacio de la Torre, que es también el deseo de su amiga María Eugenia.

—¿Y que mi hermana se entere de que yo también creo que nuestro padre sigue vivo? Ni pensarlo, Millán. Prefiero que recorra usted por cuenta mía cada villorrio de Asturias donde exista una iglesia. Tampoco pueden ser tantos, ¿no?

—No es precisamente la manera como tenía pensado proceder, señor De la Torre. En Madrid tengo muy buenas relaciones con el director de la Agencia de Investigaciones Ibáñez, una de las de mejor reputación de la madre patria. Yo lo llamaría, le expondría la importancia del caso y le pediría actuar con la mayor discreción. Como usted bien dice, Asturias no es tan extensa, aunque sabemos que también es posible que su padre esté viviendo en cualquier otro lugar del planeta.

—Todo cabe en lo posible, Millán, pero por algún lado tenemos que empezar. Contrate a la agencia de Ibáñez y después ya veremos. Le recuerdo que el asunto es urgente.

—¿De cuánto tiempo disponemos? Quiero decir, ¿después de cuánto tiempo debemos dar por terminada la búsqueda en Asturias?

—Dos meses, Millán, dispone usted de dos meses. Si en ese tiempo mi padre no ha aparecido, entonces revaluaremos la situación.

—Muy bien, señor De la Torre. Trataré de que la agencia española me dé un presupuesto aproximado y le enviaré una cotización. En el ínterin, volveré a examinar el tema de aquellos veinte millones que fueron retirados de los fondos de sus empresas y enviados fuera del país. El funcionario del banco que tenía a su cargo la cuenta se jubiló no hace mucho y lo más probable es que por una suma de dinero, que no debe ser muy alta, esté dispuesto a revelarme quién firmaba en la cuenta.

—Excelente iniciativa, Millán. No deje de informarme si logra averiguar algo más. —Fernando meditó un instante antes de añadir—: Pensándolo bien, le pido que también inicie la investigación sobre el paradero actual de Aurorita y de su madre. Así ganamos tiempo en caso de que quiera ir a visitarla.

—Así lo haré, señor De la Torre. Muchas gracias por su confianza.

—No, Millán, gracias a usted por su apoyo.

Capítulo 14

Tres días después de la última entrevista, Fernando recibió otra llamada de Millán.

—Es importante que hablemos cuanto antes, señor De la Torre.

—¿De qué se trata, Millán? —preguntó Fernando, intrigado por el tono de alarma en la voz del investigador.

—Hablé con mi antiguo contacto en el Banco Continental, el que se jubiló recientemente, y tengo información que usted debe conocer cuanto antes. Prefiero dársela personalmente.

—¿Puede venir esta tarde, a las cuatro?

—Allí estaré.

En realidad, Fernando no tenía muchas ganas de volver a reunirse con Millán. Aunque reconocía su profesionalismo y aparente buena fe, el investigador tenía la virtud de alterarle los nervios y de agravar cualquier incertidumbre que perturbara su espíritu. Luego de la última reunión le había costado trabajo volver a concentrarse en aquellos asuntos de la empresa que requerían su atención inmediata. ¿De qué se trataría esta vez?

Minutos antes de las cuatro de la tarde, la secretaria avisó a Fernando que el señor Millán esperaba en la antesala.

—Dígale que entre, pero recuérdeme a las cinco que debo salir para atender otra reunión.

—¿Otra reunión? Pero si en mi agenda no tiene... Ah, sí, ya entiendo. Hago pasar enseguida al señor Millán.

—Perdone el apuro, señor De la Torre —se excusó el investigador mientras extendía la mano pequeña y flaca—, pero creo que es muy importante que usted sepa lo que acabo de averiguar porque puede alterar radicalmente la manera como hemos analizado hasta ahora el tema de la desaparición de su padre.

—Me asusta usted, Millán. ¿De qué se trata?

—Se lo diré sin rodeos. La persona que aparecía como beneficiario en el Banco Continental y era el único autorizado para firmar en la cuenta de la cual se transfirieron los veinte millones de dólares al exterior es Federico Riquelme.

A Fernando le costó asimilar las implicaciones de lo que acababa de escuchar. ¿Sería posible que el viejo Riquelme fuera el cómplice que ayudó a su padre a desaparecer? ¿Tan profunda era la amistad entre ellos que había estado dispuesto a arriesgarlo todo para salvar a su jefe y mentor de las garras de la ley?

—Me resulta difícil creerlo y aún más aceptarlo. Riquelme acompañó a mi padre desde que adquirió su primera mina hasta que Cotosa se convirtió en una de las empresas más importantes del país. Su honestidad nunca estuvo en duda.

—Ni, por lo visto, tampoco su sentido de amistad —comentó Millán—. En mi experiencia los verdaderos amigos a veces resultan más leales que los propios familiares.

—¿Piensa usted, entonces, que fue Riquelme quien ayudó a mi padre a desaparecer y luego le envió el dinero que necesitaba para iniciar una nueva vida?

—Todo parece indicar que así ocurrió. Y si él es el cómplice, también debe saber dónde se encuentra hoy Ignacio de la Torre. ¿Quiere usted que investigue a Riquelme?

—No, yo mismo hablaré con él —respondió Fernando sin titubear.

—De acuerdo. Debo decirle también que la agencia española de investigaciones me envió finalmente una cotización por el trabajo de buscar a su padre. Me parece excesivo lo que pretenden cobrar y tendré que buscar otra agencia.

—¿Qué es excesivo para usted?

—Para mí y para cualquier persona inteligente. Conozco muy bien los costos de este negocio y pretender cobrar ciento cincuenta mil dólares por dos meses de un trabajo en el que los resultados serán, por decir lo menos, inciertos, es un abuso. Sé que para usted el dinero no es un obstáculo, pero se trata de un asunto de principios.

—Ciento cincuenta mil dólares es, sin duda, una cifra importante —reflexionó Fernando—. Trate de negociar un mejor precio, pero si no lo logra estoy dispuesto a pagar lo que piden porque para mí lo que está en juego tiene un valor muy superior.

—Entiendo, señor De la Torre. Debo solicitarle, entonces, que el plazo de dos meses que me dio para encontrar a su padre comience nuevamente a partir de hoy.

—Me parece razonable, con la advertencia de que no habrá prórroga. Cuanto antes se localice a Ignacio de la Torre, mejor. ¿Algo más, Millán?

—Sí, señor. Ya di con el paradero de Aurorita Rodríguez. Ella y su madre viven en la Ciudad de México. Aurorita cursa estudios de Odontología en la Universidad Autónoma. Aquí tiene la dirección.

Fernando tomó el papel que le extendía Millán y lo guardó en el cajón superior del escritorio.

—Gracias, Millán. Pronto volveremos a hablar.

La reunión había durado escasos quince minutos, suficientes para volver a perturbar a Fernando de la Torre, quien sin pensarlo mucho decidió visitar de inmediato y sin previo aviso al antiguo director de finanzas de Cotosa. Después de tantos años, una llamada telefónica levantaría sospechas en el ánimo del viejo zorro y Fernando no deseaba darle tiempo de preparar ninguna explicación de sus actos. Con el departamento de personal averiguó la dirección a la que le enviaban el cheque de retiro y, decidido a confrontarlo sin rodeos, se dirigió hacia allá enseguida.

La residencia de Riquelme estaba ubicada en uno de los nuevos barrios amurallados construidos en la antigua zona del canal. Antes de entrar era necesario reportarse en una caseta de seguridad, obstáculo con el que Fernando no contaba y que arruinaría el elemento sorpresa. Hubo un momento de incertidumbre cuando el chofer se reportó en la caseta y el conserje anunció en el teléfono la visita del señor De la Torre. Mientras aguardaba, Fernando temió que Riquelme se negara a recibirlo.

—Puede pasar —dijo finalmente el conserje—. Doble a la derecha en la primera calle; es la segunda casa a mano izquierda.

La casa de Riquelme, sin ser majestuosa, era muy amplia, rodeada de un extenso jardín que llamaba la atención por la abundancia de flores, armoniosamente dispuestas y muy bien cuidadas. Antes de que Fernando pudiera tocar el timbre, se abrió la puerta y Federico Riquelme apareció en el marco. Vestía overol de trabajo y tenis, estaba más delgado y sus facciones se habían acentuado. Los ojos celestes seguían tan apacibles como siempre.

—Fernandito, ¡qué sorpresa! Espero que no se trate de malas noticias. Pero pasa, pasa. Como puedes ver, no estaba preparado para recibirte.

—Perdone que llegue así, de pronto y sin avisar, don Federico, pero se trata de un asunto urgente.

—Acaba de pasar, por favor, y dime en qué puedo servirte. Han transcurrido ¿cuántos?, ¿seis, siete años?

—Algo así. Siete creo.

Después de atravesar una amplia sala pasaron a la terraza que se abría sobre el patio en el que abundaban las flores, aún más espléndidas que las del jardín del frente.

—Hermosas flores —comentó Fernando mientras se sentaba en la silla que le ofreciera Riquelme.

—Es lo que hago ahora, Fernandito, jardinear. Aquí tengo casi todas las variedades que pueden florecer en este clima. La casa la compré después de mi retiro para cuidar mejor a Beatriz y a Federico. ¿Te traigo algo de beber?, ¿agua, tal vez?

—No, muchas gracias. ¿Cómo están su esposa y su hijo?

Riquelme desvió la mirada hacia el jardín y meditó un instante.

—Ellos no están nada bien —respondió sin mirar a Fernando—. Beatriz está postrada en una silla, no habla, no manifiesta ninguna emoción, no se mueve. Su Alzhéimer es de los más graves, como si el alma se le hubiera escapado del cuerpo.

La mirada de Riquelme se nubló por un instante y Fernando, incómodo, permaneció en silencio aguardando a que el anciano se recuperara.

—En cuanto a mi hijo, es poco lo que podemos hacer por mejorar su condición neurológica. Los cuidados van dirigidos, fundamentalmente, a mantenerlo lo más tranquilo posible y evitar así que se haga algún daño. Federico cumplió cuarenta y cinco años la semana pasada y a medida que envejece se va pareciendo cada vez más a mí. —Riquelme bajó la mirada y calló por un largo momento—. Vivo rodeado de enfermeras vestidas de blanco pero también de flores y de colores.

La expresión de tristeza en el rostro de Riquelme motivó que un sentimiento de culpabilidad invadiera fugazmente el ánimo de Fernando.

—Pero ya basta de lamentaciones. ¿En qué puedo servirte, Fernandito?

Recuperado del instante de debilidad, Fernando decidió dejar a un lado penurias ajenas y, sin más preámbulo, abordó el asunto que lo llevaba a visitar a su antiguo colaborador.

—¿Recuerda usted las transferencias que por veinte millones de dólares se hicieron de cuentas de Cotosa a un banco en las Bahamas alrededor de la fecha en que desapareció mi padre? En aquella oportunidad usted me comentó que no le extrañaba que mi padre hubiera utilizado esos fondos en obras de filantropía.

Riquelme bajó la cabeza y se pasó la mano por los cabellos canos antes de volver a mirar a Fernando directamente a los ojos. En su rostro la apacibilidad había dado paso a una expresión en la que se mezclaban inseguridad y resentimiento.

—Han pasado tantos años... ¿A qué viene eso ahora, Fernandito?

—He recibido información fidedigna de que cuando se hicieron las transferencias al exterior desde el Banco Continental usted era la persona que aparecía como beneficiario y firmante en la cuenta cifrada.

El rostro de Federico Riquelme acusó el golpe. Su expresión era ahora de estupefacción rayana en el pánico. Con dificultad se levantó de la silla y se dirigió al patio. De pie frente a un rosal amarillo, extrajo del bolsillo del overol una pequeña tijera de podar y cortó una rosa que comenzaba a marchitarse. Por un momento Fernando temió que Riquelme hubiera perdido el juicio, pero el anciano, luego de colocar la flor desechada en una bolsa de basura, regresó a la terraza y fue a servirse un vaso de agua.

—¿Te sirvo un poco de agua? —preguntó como si nada hubiera ocurrido.

Fernando no respondió y esperó a que Riquelme volviera a su silla.

—Antes de responderte —dijo el anciano, que había recobrado la compostura—, quisiera que me dijeras qué ha ocurrido para que después de tantos años vengas a mi hogar a hurgar en un pasado que ya carece de importancia y que ambos deberíamos mantener en el olvido.

—Señor Riquelme, usted ya es mayor y puede darse el lujo de dejar en el pasado hechos que para mí, que aún tengo un futuro del que preocuparme, resultan trascendentales.

—Veo que por primera vez me llamas señor Riquelme, Fernandito. Si quieres poner distancia entre nosotros no es necesario hacerlo apelando a recursos infantiles. Tu padre, tú y yo estaremos siempre unidos por ese pasado que hoy pretendes desenterrar. Pero no has respondido a mi pregunta: ¿qué te trae hoy aquí? ¿Vienes a acusarme de un crimen o simplemente te interesa saber dónde fueron a parar los veinte millones de dólares?

Fernando dudó un momento antes de responder. ¿Qué juego se traía el viejo Riquelme? Decidió cumplir el propósito de su visita sin miramientos.

—Existen razones poderosas que me indican que mi padre está vivo. Por motivos que usted y yo conocemos, hace más de diez años él decidió desaparecer del mapa fingiendo un accidente y para hacerlo necesitó la colaboración de un cómplice, de alguien de su confianza. Ese alguien, señor Riquelme, es usted, que seguramente conoce su paradero.

La expresión de Federico Riquelme era ahora de total asombro.

—¿De qué hablas, Fernando? ¿Quién te ha metido tantas locuras en la cabeza? ¿Caíste finalmente en el juego de tu hermana, que bajará a la tumba jurando que tu padre sigue con vida?

—¿Lo niega usted, Riquelme? ¿Niega que fue usted quien, burlándose de nosotros y sin importarle nuestro dolor, facilitó las cosas para que mi padre se esfumara de la faz del planeta a esperar a que prescribiera el plazo señalado por la ley para que la justicia pudiera condenarlo por el crimen cometido contra la hija de su secretaria?

—Pero, Fernando, ¿no te das cuenta de que estás hablando insensateces? ¿Qué te ha ocurrido en estos últimos años para que hoy reniegues de un padre que hizo de ti lo que hoy eres, que te dio todo lo que tienes? ¿Qué te ha pasado, Fernandito?

—¡No estamos hablando de mí, Riquelme! —exclamó Fernando, alzando la voz—. Es usted quien debe dar explicaciones.

El anciano bajó la cabeza y Fernando temió que en cualquier momento rompería a llorar. Pero cuando Riquelme volvió a levantar la mirada el sosiego había vuelto a sus ojos celestes.

—Sí, Fernando —el viejo hablaba quedamente—, fui yo quien dispuso de los veinte millones extraídos de las cuentas de Cotosa, pero no lo hice para ayudar a tu padre a desaparecer. Él falleció en el accidente del río Chiriquí Viejo y siempre creí que tú pensabas igual. No sé por qué has cambiado de parecer ni a qué se debe la paranoia que hoy te abruma; no lo sé y, en realidad, ya no me interesa saberlo.

Fernando iba a decir algo pero Riquelme lo detuvo con un gesto enérgico de la mano.

—Te suplico que me dejes terminar —dijo con voz más firme—. El dinero lo tomé para mí porque me pertenecía. Era una donación que me había hecho tu padre como compensación por mis largos años al servicio de sus empresas. Por aquellos días yo estaba próximo a retirarme para dedicarme por entero al cuidado de Beatriz y de nuestro hijo. Tu padre, que sabía del autismo de Federico y que Beatriz acababa de ser diagnosticada con Alzhéimer, me pidió que me quedara tres meses, trabajando a medio tiempo, precisamente con miras a iniciar el proceso de su remplazo. «Fernando requerirá de nuestra ayuda mientras aprende a convertirse en jefe», fueron sus palabras precisas. Pero él sabía también que los gastos de la enfermedad de Federico, a los que se sumarían los de Beatriz, eran ingentes y que yo estaba invirtiendo casi todos mis ingresos en procurarles una vida más llevadera. —Riquelme hizo una pausa y se quedó contemplando el jardín—. Esta propiedad la adquirí con parte de esos veinte millones y habilité la casa de acuerdo con las necesidades de mis dos enfermos. Federico grita frecuentemente y si no lo hemos oído es porque sus habitaciones están recubiertas de materiales aislantes y acolchonados, que además evitan que se haga daño cuando decide darse cabezazos contra las paredes. Ambos requieren enfermeras especiales que viven aquí, en esta casa. Todo esto, sumado a los gastos médicos —algunos de los doctores vienen regularmente del exterior—, lo cubro con la suma que me dio tu padre. Por supuesto que él sabía que el dinero me haría falta. Como ves, Fernandito, en realidad no te mentí cuando te dije que lo más probable es que él los hubiera empleado en algún acto de filantropía. Lo que omití decirte, porque nunca lo hubieras entendido, es que el beneficiario de ese acto era yo, que trabajé mucho para ganar ese dinero. En algún momento Ignacio me prometió acciones en la empresa que nunca me dio ni yo le reclamé. Debo aceptar, no obstante, que la cantidad que me donó superó con creces mis expectativas. Fue, si lo quieres ver así, mi único engaño. Si esperas un momento traeré la carta en la que tu padre me daba las gracias por mis largos años de servicio, se comprometía a entregarme los veinte millones y me pedía que me quedara en la empresa un tiempo más para apoyarte a ti durante el período de transición. La busco y vuelvo enseguida.

Federico Riquelme se levantó y Fernando se quedó observándolo indeciso. Al cabo de un momento, también él se levantó y abandonó la casa sin esperar a que don Federico regresara. Mientras se alejaban en el auto, el chofer le indicó que desde la casa le hacían señas. Fernando se dio la vuelta: desde la puerta don Federico agitaba un papel en el aire.

Camino de su oficina, Fernando meditó en torno a lo que acababa de ocurrir. Por supuesto que él no estaba dispuesto a creerle al antiguo colaborador de Cotosa el cuento de los veinte millones. Le parecía imposible que su padre hubiera decidido otorgar una compensación de tal magnitud a nadie, sin siquiera mencionárselo a él, que ya pronto tomaría las riendas de la empresa. Además, si Riquelme hubiera confesado su participación en la trama de la desaparición de su padre, tampoco estaba dispuesto a perdonarlo. Tal vez lo procedente sería denunciarlo de inmediato ante las autoridades por el delito de estafa, en cuyo caso el anciano se vería forzado a confesar que los veinte millones sustraídos de las cuentas de Cotosa estaban destinados a ayudar a la desaparición de su padre y, lo más importante, tendría que revelar dónde permanecía oculto Ignacio de la Torre.

En ese momento, la mente febril de Fernando divagó en torno al sentido de la amistad. ¿Estimaba tanto el viejo Riquelme a su padre que para no traicionarlo estaba dispuesto a sacrificarse él y de paso sacrificar a su familia aceptando la comisión de un delito que sin duda lo mandaría a prisión, con el consiguiente perjuicio para su mujer y su hijo? Semejante aberración escapaba a su comprensión. Por otra parte, no le cabía la menor duda de que el viejo había apostado a los buenos sentimientos del hijo de su amigo. En la conversación se había cuidado de mencionar a su mujer y a su hijo enfermos, quienes dependían totalmente de él para hacer más llevaderas sus enfermedades. Sí, sin lugar a dudas, había montado el escenario para conmover el alma de alguien como Fernando, que de pequeño aprendió de su padre que el verdadero cristianismo consistía en amar al prójimo. Pero la vida también le había enseñado que existía un orden de prioridades y que entre dos males era preciso escoger el mal menor. No podía sacrificar las miles de familias que dependían de Cotosa para aliviar los padecimientos de tres personas. ¿Qué habría hecho su padre? En realidad, ya no le interesaba. Antes de tomar una decisión le consultaría a Irene, la única persona a la que todavía podía confiarle sus angustias.

De regreso a la oficina, Fernando llamó a sus vicepresidentes de área y los citó el lunes de la semana siguiente para que le rindieran informes de cómo marchaban cada uno de los asuntos bajo su responsabilidad. Al director de finanzas le exigió, además, tener listo lo que hiciera falta para el traslado de las reservas de Cotosa en la forma previamente acordada. Antes de salir de la oficina llamó a Irene para que cenaran juntos y conversaran.

—Hoy no puedo, querido, pero te tengo una sorpresa. Si la invitación de pasar el fin de semana en Los Susurros sigue en pie, estoy dispuesta a aceptarla. Aunque sabes que el campo no me atrae nada, creo que allá podemos conversar mejor. Si quieres nos vamos el sábado en la mañana y regresamos el domingo al mediodía, para no faltar al almuerzo con mis papás.

—Fantástico, te recojo a las ocho de la mañana.

—Ay, Fernando, no seas tan pesado. A las ocho todavía ni siquiera han tendido las calles. Con que salgamos a las diez es suficiente, ¿no te parece?

—Así será, mujer, así será.

Capítulo 15

Antes del mediodía del sábado, el helicóptero de Cotosa aterrizó en la pequeña pista de El Volcán, donde Santiago esperaba por Fernando y su exesposa. El viento norte barría las nubes de las montañas y levantaba polvaredas en el camino vecinal que llevaba a la cabaña de Los Susurros.

—Me había olvidado de estos vendavales —dijo Irene, que ya comenzaba a extrañar la ciudad.

—Es que nunca habías venido durante el verano. En realidad, ¿cuántas veces has visitado Los Susurros? —preguntó Fernando.

—Solamente he estado aquí dos veces, una para celebrar tu cumpleaños; la otra no recuerdo con qué motivo.

Cuando el automóvil entró en el sendero que entre árboles majestuosos, veraneras y geranios de variados colores llevaba a la cabaña, Irene no pudo evitar una exclamación de asombro.

—¡Este lugar ha cambiado mucho! Aunque prefiero un paisaje poblado de edificios de vidrio, cemento y acero, debo aceptar que el paisaje es muy hermoso.

—Siempre lo ha sido, Irene. Tal vez son tus ojos los que han cambiado.

—Tampoco exageres, Fernando. ¿Cuáles son los planes?

—En realidad, no he hecho ningún plan. Esta última semana viví experiencias muy turbadoras sobre las que quiero que conversemos.

—¡Me encanta la idea! Un buen fuego en la chimenea, una copa de vino y las palabras llegarán sin llamarlas.

—Y yo que pensaba invitarte a subir el Cerro del Halcón Peregrino —bromeó Fernando.

—Ni el Cerro del Halcón Peregrino ni el del Loro Trashumante. Yo me mantengo en forma en un gimnasio con máquinas estupendas, aire acondicionado, televisión y un entrenador. La naturaleza es para contemplarla, no para convivir con ella.

—Ya veremos. ¿En qué condiciones está el camino al río? —preguntó Fernando a Santiago, mientras se apeaban del auto.

—Está muy bueno, don Fernando. Entre los vecinos y el municipio lo mantienen siempre transitable; yo voy de vez en cuando a comprobarlo personalmente. ¿Quiere que prepare los kayaks?

—No, nada de kayaks esta vez; pero quizás lleve a la señora Irene a contemplar los rápidos del Chiriquí Viejo.

Irene puso una cara de ¡«Ay, qué espanto»!, pero se guardó los comentarios.

Esa tarde, después del almuerzo y de dormir una pequeña siesta, Fernando llevó a Irene hasta el río. Él no había vuelto al sitio donde se accidentara su padre y se extrañó de la cantidad de nuevas viviendas levantadas a orillas del camino.

—Me dijiste que no serían más de diez minutos —se quejó Irene.

—Hay tantas casas nuevas que creo que erré el camino, pero ya estamos casi allí.

—Y ¿qué es lo que vamos a ver?

—El río, los rápidos, el paisaje. Quiero que lo veamos juntos porque esta noche la conversación girará en torno a la desaparición de mi padre.

—¿No te parece todo esto un poco melodramático?

—Aquí estamos —dijo Fernando sin hacer caso al comentario de su exmujer.

Dejaron el vehículo en un pequeño claro que se abría al final del camino y emprendieron la marcha. A medida que avanzaban se enfriaba más el aire y aumentaba el ruido del torrente hasta que, después de andar diez minutos, pudieron contemplar desde un promontorio las aguas tumultuosas del río.

—¿Me quieres decir que por esas aguas furiosas se lanzaban ustedes? —preguntó Irene, gritando para hacerse oír por encima del estruendo.

—No, aquí solamente se aventuran los expertos —gritó de vuelta Fernando—. Sígueme.

Descendieron por un sendero que bordeaba el río hasta llegar a un pequeño remanso. El ruido ensordecedor había quedado atrás junto al aire húmedo y frío.

—Es aquí donde echábamos los kayaks. Un poco más adelante comienzan los rápidos, menos peligrosos, por los que mi padre y yo solíamos bajar. Al principio, cuando hallamos este recodo del río, veníamos a refrescarnos y a nadar después de ascender algún cerro. Más tarde descubrimos el placer y la emoción de desafiar la corriente remando en los kayaks.

Fernando tomó a Irene de la mano y, en medio de un apacible silencio, apenas perturbado por el rumor incesante del río, se quedaron contemplando las aguas tranquilas del remanso.

—Ya podemos regresar —dijo él al cabo de un largo rato.

De vuelta en el auto, Irene, más que preguntar, afirmó:

—Todavía extrañas mucho a tu padre, ¿verdad? Sobre todo cuando regresas a los lugares donde fueron felices.

—Más que extrañarlo, siento nostalgia por el pasado. Todo ha cambiado, Irene. Los desengaños han sido muchos y muy profundos. Si no fuera por ti, por tu compañía, yo sería un misántropo sin remedio.

—Pero es que lo eres, Fernando, cada día más enconchado, más envuelto en ti mismo, menos asequible. A veces siento como si más que tu vida, compartieras conmigo tu soledad.

—¿De veras lo crees así? —preguntó Fernando extrañado.

—No lo creo, lo sé. Será la tragedia ocurrida a tu padre, que no acabas de superar, o la vida loca de los grandes negocios, pero el Fernando de la Torre que yo conocí, con el que me casé, del que me divorcié para volver a encontrarnos en una relación más perdurable, ese Fernando ya casi no existe.

Fernando detuvo el auto para buscar con la mirada los ojos de su antigua esposa.

—Te prometo que cuando hablemos esta noche me comprenderás mejor —dijo antes de retomar la marcha.

Después de cenar, Irene y Fernando se sentaron frente al fuego de la chimenea con sendas tazas de infusión de manzanilla, él dispuesto a hablar y ella dispuesta a escuchar. La botella de vino, de la cual habían tomado una sola copa, permanecía olvidada sobre la mesa del comedor.

—Estoy seguro de que mi padre sigue vivo en alguna parte del planeta y está planeando su regreso —anunció Fernando sin más preámbulo.

Irene colocó su taza sobre la mesita de centro.

—¿De qué hablas, Fernando?

—Todo fue una farsa. Cuando mi padre se enteró de que Aurora lo iba a denunciar por haber abusado de Aurorita, decidió morirse antes de enfrentar la vergüenza y el escarnio públicos. Pero el suicidio nunca pasó por su mente. Simplemente fingió un accidente y desapareció legalmente.

—¿De dónde sacas semejante...?

—Te ruego que me dejes terminar —dijo Fernando impaciente—. Son varios los indicios que me han llevado a esa conclusión. No sé si lo recuerdas, pero tan pronto ocurrió el accidente iniciamos una búsqueda frenética en la desembocadura del río, en el litoral y en el mar abierto. A pesar de que mi padre, siempre precavido y meticuloso, llevaba un chaleco salvavidas, un casco y zapatos especiales, el cuerpo nunca fue encontrado ni apareció el más mínimo rastro ni de él ni de sus pertenencias. —Fernando hizo una pausa y se levantó para ir a avivar el fuego—. La decisión de fingir su muerte fue calculada hasta el último detalle. Él sabía que pasados cinco años los tribunales lo declararían legalmente muerto —fui yo mismo quien lo solicitó—, y que después de diez años el delito de pederastia prescribiría, tal como acaba de declararlo el juez de menores, crimen que, según me confirmó Santiago, ocurrió en esta misma cabaña. Hace tres días también descubrí que su cómplice fue Federico Riquelme, su fiel amigo y empleado. Él arregló la recogida en el río, la falsificación de documentos de identidad, la salida del país y le transfirió el dinero necesario para que pudiera vivir cómodamente en un exilio autoimpuesto.

—Pero ¿qué dices, Fernando? ¿Riquelme? —Irene iba de asombro en asombro.

—Sí, Riquelme. Justo antes de que mi padre desapareciera le transfirió de una cuenta cifrada veinte millones de dólares. Yo lo confronté el jueves pasado y aceptó que era él quien había retirado los fondos, aunque me aseguró que se trataba de un dinero que mi padre le había prometido para que pudiera cuidar sin penurias de su mujer y su hijo enfermos. Según me dijo, tiene una carta firmada por él, todo sin duda parte de la misma patraña. Al principio me costó trabajo convencerme de que Riquelme estuviera dispuesto a sacrificarse y sacrificar a su familia para salvaguardar la reputación de mi padre, pero después caí en cuenta de que él está muy seguro de que yo nunca me atrevería a denunciarlo. ¿Cómo iba a hacerlo si también tendría que implicar a mi padre? ¿Un hijo denunciando a su propio padre por estafa? ¿Te imaginas el escándalo, los comentarios en los periódicos y las redes sociales? Ahora me encuentro en una encrucijada y no sé cómo proceder.

—Pero, ¿cómo te enteraste de todo esto? —Irene no salía de su desconcierto.

—Porque desde hace años contraté a un investigador privado, muy eficiente, por cierto. Es el mismo que desenmascaró a Garcés, el dueño de *El Sol*, ¿lo recuerdas? También investigó a Aurora y las cuentas de Cotosa. Ahora le he pedido que trate de encontrar a mi padre.

Fernando se levantó para poner un par de leños más en la chimenea e Irene aprovechó para servirse un poco de vino.

—¿Te sirvo una copa? —preguntó.

—Primero déjame terminar con mi historia. A todo lo anterior debemos añadir la petición hecha recientemente por mi hermana a los tribunales de justicia para que declaren que mi padre sigue vivo y se le devuelvan sus derechos.

—¿El juicio de la famosa foto?

—Así es. Yo he visto la foto, Irene, y puedo asegurarte que se trata de mi padre. Todo concuerda: primero esperaron a que prescribiera la acción penal y ahora lograrán que los tribunales de justicia declaren que aún vive para así devolverle legalmente todos sus bienes, acrecentados por mí considerablemente después de diez años de trabajar al frente de las empresas.

—Entonces, ¿piensas que tu hermana sí está en contacto con tu padre? —Irene había decidido seguirle el juego a Fernando.

—No me cabe la menor duda. Siempre lo ha estado. Y yo de pendejo le compré su parte de la herencia en cien millones de dólares y le he venido dando todos los años más de diez millones de los dividendos de mi empresa. Seguramente parte de ese dinero se lo envía a mi padre, a quien ya se le deben haber agotado los veinte que le envió Riquelme.

Irene seguía sin comprender: o Fernando se había vuelto loco; o su padre y su hermana eran realmente unos monstruos calculadores, desprovistos de sentimientos.

—¿Qué piensas hacer, Fernando? —preguntó aprensiva.

—Antes que nada, estoy preparando un fondo para combatir legalmente a mi padre y a mi hermana. Ya tengo a buen recaudo alrededor de trescientos millones de dólares. Después...

—¿Trescientos millones? ¿No es demasiado dinero?

—De allí pienso retener lo que le pagué a mi hermana por su herencia inexistente. Además, como te dije, el investigador privado buscará a mi padre, quien probablemente se encuentra todavía en Asturias. Si lo encuentra antes de que él mismo decida reaparecer, pienso ir a confrontarlo para que me hable de la ética que tanto trataba de inculcarme cada vez que yo quería romper con su forma obsoleta de hacer negocios. Quedan, sin embargo, un par de temas por resolver.

—¿Cuáles son?

La actitud de Fernando comenzaba a infundir temor a Irene, que por primera vez no sabía cómo ayudarlo.

—El primero, qué hacer con Riquelme. Él ha cometido un delito y debe pagar por ello. Pero, como dije antes, denunciarlo a las autoridades conllevaría a denunciar también a mi padre. ¿Tú qué piensas?

—Que debes dejar al viejo tranquilo. Suficiente tiene ya con la amenaza de una denuncia que siempre pesará sobre él. Además, aunque decidieras acusarlo, tendrías que esperar el momento oportuno. Si, efectivamente, tu padre reaparece, entonces una denuncia, que también lo involucraría a él, tendría más sentido.

—Lo mismo he pensado yo; por ahora no voy a hacer nada. El otro tema es el relacionado con el delito de pederastia cometido por mi padre.

—El delito de pederastia del que acusaron a tu padre —corrigió Irene,

—Como sea —dijo Fernando molesto—. Pienso que ha llegado la hora de hablar con Aurorita. Según me informa el investigador privado, ella vive en México, donde está terminando la carrera de Odontología en la UNAM, por lo que localizarla no debe ser muy difícil. Necesito saber qué fue lo que realmente ocurrió, hasta dónde llegó la depravación de Ignacio de la Torre.

Un largo silencio se instaló en la cabaña, donde el rumor de los arroyuelos competía con el crepitar del fuego sin que nadie lo oyera. Irene se levantó y fue a servir dos copas de vino. Volvió a sentarse y, venciendo sus temores, se acurrucó junto a Fernando.

—No recordaba que en Los Susurros hiciera tanto frío.

—Ocurre siempre al inicio del verano. Esta noche la temperatura bajará a diez grados.

Irene y Fernando bebieron en silencio hasta que Irene quiso saber cómo iban los asuntos de Cotosa.

—Ya te dije que hay algunos problemas, los mismos que aquejan a todas las grandes empresas —refunfuñó Fernando—. Lo cierto es que desde hace unos días me cuesta trabajo concentrarme en los negocios. Estoy delegando más responsabilidades en mis vicepresidentes de área mientras yo me ocupo de protegerme de quienes pretenden acabar con todo lo que he logrado. Además, tan pronto Millán me avise sobre el paradero de Aurorita me iré a México a hablar con ella.

—¿Millán?

—Sí, Millán, el investigador privado.

—¿Crees que ella hablará contigo?

—No veo por qué no, sobre todo si puedo verla sin que Aurora esté presente. Según Millán, esta viene al país con cierta frecuencia a visitar a su madre, quien padece de cáncer terminal. Es cuestión de hallar el momento oportuno.

—Tal vez sea mejor esperar a que la señora fallezca. Seguramente Aurorita vendría a los funerales de su abuela.

—Quién sabe. Lo cierto es que no dispongo de tanto tiempo.

—No entiendo el apuro.

El último comentario de Irene motivó una reacción airada de Fernando.

—Después de todo lo que te he dicho, después de que has visto cómo mi padre y mi hermana tratan de destrozarme, ¿tienes el valor de decirme que no entiendes que quiera terminar cuanto antes de despejar incógnitas y rehacer mi vida?

Irene mantuvo la calma mientras trataba de decidir si valía o no la pena tratar de razonar con Fernando.

—Tal vez no me supe expresar bien, querido —comentó en tono conciliador—. Lo que quise decir es que a veces el transcurso del tiempo ayuda a ver las cosas desde una mejor perspectiva. El conjunto de circunstancias que han venido ocurriendo en torno a la desaparición y posible retorno de tu padre, unido a las dificultades que enfrentan las empresas, pueden haberte impulsado a llegar a conclusiones erradas. Si me dejas...

—Cotosa no enfrenta ninguna dificultad —cortó Fernando, todavía en tono áspero—. Ya te dije que son situaciones normales que aquejan a las empresas multinacionales.

—No hablaba tanto de las empresas sino de tu estado de ánimo —insistió Irene, que ya se sentía incapaz de comprender la mente enrevesada de Fernando—. Pero dejémoslo allí y vámonos a dormir. Mañana, si quieres, podemos volver a hablar.

Irene le dio un beso en la frente a Fernando, le acarició la cara, le tomó la barbilla y lo obligó a mirarla.

—Te espero en la cama —dijo.

Aunque Fernando e Irene durmieron juntos para ahuyentar el frío, esa noche no hicieron el amor. Al día siguiente hablaron poco, como si durante la noche anterior hubieran agotado las palabras. A las diez de la mañana abordaron el helicóptero y antes del mediodía llegaron al apartamento de Irene. Fernando, más tranquilo pero todavía un poco ausente, le agradeció por haberlo acompañado a Los Susurros y por haberlo escuchado.

—Me ayudaste a poner en orden mis ideas —dijo retraído.

—Me alegro, Fernando. Ya sabes que siempre puedes contar conmigo. Lo único que te pido es que no permitas que la sospecha en torno a lo que tu padre y tu hermana puedan haber hecho te perturbe más allá de lo normal. Cuando llegue la hora de enfrentarlos, si es que llega, deberás estar listo y actuar con cabeza fría.

—No te preocupes. Te volveré a llamar cuanto tenga algo nuevo que contarte.

—Chao, querido.

—Adiós, Irene.

Capítulo 16

Después de pasar el fin de semana con Irene en Los Susurros, Fernando sintió que su vida se sumía en un vacío aún más profundo. No podía concebir que ella se hubiera mostrado insensible ante la angustia que lo embargaba. Sin nadie más en quien confiar, de ahora en adelante tomaría sus decisiones consultando únicamente a su propia conciencia. Por lo pronto, no dejaría que Riquelme se saliera con la suya. El mismo domingo, después de regresar a la capital, llamó a Millán para referirle su conversación con el antiguo director financiero de Cotosa, cómplice de la desaparición de su padre, y lo instruyó para que lo presionara, amenazándolo con la cárcel si fuera necesario, a menos que revelara el paradero de Ignacio de la Torre. Una vez obtenida la información, Millán y él volverían a reunirse para planificar los próximos pasos. Aunque el investigador quedó desconcertado con la llamada, prometió proceder como se le indicaba y llamar a Fernando si surgía alguna dificultad con Riquelme. Sobre la investigación del paradero de su padre, reportó que todavía no había recibido ninguna información positiva de España.

El lunes por la mañana, después de revisar una vez más los estados financieros de las diferentes corporaciones que conformaban su conglomerado empresarial, Fernando reunió a los vicepresidentes de las áreas de negocio que estaban enfrentando problemas para impartir instrucciones precisas de cómo proceder. Al encargado de medios de comunicación le ordenó iniciar, a cualquier costo, una guerra tarifaria contra las demás cadenas de televisión que se tradujera a corto plazo en un aumento de anunciantes; al de minería, le pidió revisar con los abogados los contratos de venta de oro de modo que pudieran suspender la producción mientras el precio del metal se mantuviera a la baja; al del sector de energía, le exigió trasladarse inmediatamente a Perú para tratar de determinar el grado de avance del gobierno en su intención de adquirir parte del capital de Cotosa Perú; al de obras y construcciones, lo instruyó para que demandara civilmente, con secuestro preventivo sobre sus bienes, a los dirigentes del sindicato que hacía una semana se había declarado en huelga y a mantener la medida hasta en tanto volvieran al trabajo; a Víctor Segura, que seguía a cargo de las relaciones públicas, le solicitó comenzar a trabajar con los medios para asegurarse de que las noticias que surgieran alrededor de los temas allí tratados fueran positivas para la imagen de la empresa ante la comunidad y, finalmente, al abogado interno de la empresa, Justo Arellano, que junto a Segura eran los únicos de los antiguos altos ejecutivos de Ignacio de la Torre que aún se mantenía en la empresa, Fernando le pidió seguir muy de cerca y consultar con la firma de Rebolledo las consecuencias legales de las acciones discutidas en la reunión.

Los ejecutivos intercambiaron miradas de alarma por lo precipitado de las instrucciones, pero no se atrevieron a cuestionar al presidente. Terminada la reunión, Fernando dijo al vicepresidente de finanzas que se quedara para discutir algunos temas pendientes y tan pronto los demás abandonaron el despacho lo interrogó sobre la transferencia de los trescientos millones de la reserva. Intimidado por el tono áspero de su jefe, Manuel Vivencio balbuceó:

—Todo está listo, señor. La cuenta se abrió en el Swiss Bank de las Bahamas y la transferencia saldrá a más tardar mañana. Recuerde que el jueves de la semana pasada usted rubricó los documentos pertinentes, incluyendo las tarjetas de firma.

—Sí, ya me acuerdo. Entre tantos papeles uno se olvida... ¿Firmo yo solo, verdad?

—Así es, don Fernando. Esas fueron sus instrucciones.

—Muy bien, Manuel. Confírmame tan pronto pueda disponer del dinero.

Aunque Fernando había dado por terminada la reunión, Vivencio se quedó clavado en la silla.

—¿Hay algo más? —preguntó Fernando impaciente.

—Solamente recordarle que, de acuerdo con lo que establece el contrato de préstamo, debemos notificar la existencia de la nueva cuenta a los bancos acreedores.

—Lo tengo muy presente pero lo haremos después de que los fondos estén disponibles. Por ahora, el asunto debe mantenerse en la más estricta confidencialidad para no afectar nuestra relación con el gobierno peruano ni con los acreedores.

—Por supuesto, señor. Gracias por la confianza.

—Gracias a ti, Manuel. Buenos días.

Discutidos los temas empresariales urgentes, Fernando pidió a su secretaria localizar a Millán.

—Dígale que necesito verlo cuanto antes.

El hijo de Ignacio de la Torre sentía una creciente necesidad de conocer los detalles del delito cometido por su padre, preferiblemente de labios de la víctima. Pensaba que tal vez el transcurso del tiempo había mitigado el rencor que madre e hija sentían hacia su padre y estaba dispuesto a ofrecerles una suma importante de dinero a cambio de la información.

Eugenio Millán llegó al despacho de Fernando en el término de la distancia. La expectativa de saber a qué obedecía la llamada inesperada y urgente se veía reflejada en su ceño, más arrugado que de costumbre.

—Gracias por acudir enseguida, Millán. Lo he hecho llamar porque ya estoy listo para reunirme con Aurorita Rodríguez. Necesito saber cuál es exactamente su rutina en México a fin de determinar el mejor lugar y la mejor hora para abordarla.

Sorprendido y advirtiendo una expresión extraña en el rostro de su cliente, el investigador permaneció un instante tratando de comprender.

—Si entiendo bien, ¿me está pidiendo usted que haga vigilar a Aurorita en la Ciudad de México?

—En realidad, preferiría que lo hiciera usted mismo; cuanto antes mejor.

Por un instante, Millán sospechó que Fernando había estado tomando.

—Si me permite opinar, pienso que los colegas mexicanos con los que tengo corresponsalía están mejor equipados para llevar a cabo una operación como la que usted solicita. Ellos conocen mucho mejor la ciudad y les resulta más fácil pasar inadvertidos. Yo los puedo contactar hoy mismo.

Fernando lo fulminó con la mirada.

—No es lo que yo esperaba —rezongó finalmente—, pero proceda enseguida y manténgame informado.

—Esta misma tarde oirá usted de mí. En cuanto a Federico Riquelme, he llamado varias veces a su residencia pero no he podido hablar con él. La persona que contesta pareciera tener instrucciones de no pasarle llamadas.

—No me extraña que Riquelme rehúse contestar el teléfono. Creo que su visita resultará inútil en cuanto a averiguar el paradero de mi padre, pero por lo menos sabrá que no me he olvidado de él y que en cualquier momento puedo actuar en su contra.

—Muy bien, señor. Me despido entonces.

Una vez Millán abandonó la oficina, Fernando se recostó en la silla del escritorio y comenzó a imaginar cómo sería un encuentro con Aurorita. ¿De qué manera la abordaría para que aceptara hablar con él? ¿Se identificaría enseguida? ¿Se haría pasar por un enviado de la familia De la Torre para tratar de dejar atrás el incidente que todavía los mantenía encadenados a un pasado doloroso? Luego de darle muchas vueltas, Fernando llegó a la conclusión de que lo mejor sería iniciar con una frase simple y clara: «Soy el hijo de Ignacio de la Torre y he venido a verla para tratar de reparar el daño causado por mi padre hace diez años». Le gustó tanto la frase que decidió anotarla y guardar el trozo de papel en su billetera.

Cumpliendo su promesa, Millán llamó a Fernando al final de la tarde.

—He estado investigando y creo que tengo buenas noticias —Millán titubeó un momento—, aunque en realidad no sé si calificarlas así. ¿Recuerda que le dije que la abuela de Aurorita, la madre de Aurora, padecía de cáncer terminal? Pues bien, Aurora tiene una semana de haber llegado a Panamá porque su madre está muy grave. Según pude averiguar, el desenlace es inminente y es muy probable que Aurorita venga al funeral. Es cuestión de días, señor De la Torre, y podrá usted hablar con ella sin trasladarse a México.

En el teléfono hubo un largo intervalo. Ya Fernando se había imaginado la escena en algún lugar de la Ciudad de México, tal vez una cafetería o un restaurante. Lo molestaba cambiar de escenario; además de molestarlo, lo desconcertaba.

—¿Está usted seguro, Millán? —Más que una pregunta era una advertencia.

—Por supuesto. Yo mismo me entrevisté con el personal de enfermería del hospital. Mañana enviarán a la paciente a su casa para que pase sus últimas horas en un ambiente más íntimo y compasivo. No me extrañaría que Aurorita ya haya abordado el avión en México.

—Muy bien, Millán. Confío en su palabra. Avíseme tan pronto se confirme la llegada de Aurorita, y el lugar, hora y fecha del funeral.

—Descuide, señor, que así lo haré.

Dos días después aparecía en los diarios una sencilla esquela en la que los deudos informaban del fallecimiento de Manuela Iglesias de Rodríguez y agradecían la asistencia a las honras fúnebres que se celebrarían en el Santuario Nacional a las tres de la tarde. Esa mañana, Millán llamó a Fernando para confirmar que Aurorita había llegado al país para asistir al funeral de la abuela.

Fernando de la Torre llegó a la iglesia media hora antes de que se iniciara la misa. Como todavía había poca gente, decidió esperar para dar sus condolencias. «No puede haber un mejor lugar para abordar juntas a Aurorita y a su madre», se decía, mientras repasaba mentalmente la frase aprendida. Cuando la fila de quienes acudían a dar el pésame comenzó a alargarse, Fernando se colocó al final. Llegado su turno, saludó con un apretón de manos al viudo y luego abrazó a Aurora: «Mi más sentido pésame», le murmuró al oído. Antes de que la madre pudiera reaccionar, abrazó también a Aurorita y le dijo, atropellando las palabras: «Siento mucho la muerte de su abuela. Soy el hijo de Ignacio de la Torre y quisiera que me permitieran reparar el daño causado por mi padre a usted y a su familia. Cuando termine la misa la estaré esperando a la salida de la iglesia». Aurorita se desprendió bruscamente del abrazo de aquel hombre que se atrevía a vulnerar, sin ningún pudor, el dolor de su familia; Fernando pudo percibir en su mirada el odio más profundo que jamás había sentido. A su lado, Aurora contemplaba la escena con una mezcla de asco y desasosiego. El hijo de Ignacio de la Torre, imperturbable, siguió saludando al resto de los familiares, y luego se sentó en una de las últimas bancas a meditar mientras avanzaba la misa. «Había olvidado cuán hermosa es Aurorita. Se parece a su madre», pensó todavía optimista. Concluido el funeral, esperó a la salida de la iglesia que la familia regresara de depositar las cenizas de la abuela en la cripta. Pero esperó en vano. «Se fueron por otro lado», se dijo contrariado, al tiempo que se felicitaba por haber dado el primer paso. Una infundada esperanza lo llevó a convencerse de que antes de volver a México ellas se comunicarían con él para escuchar su propuesta.

Tres días después, cuando Millán le confirmó que madre e hija habían regresado a México sin haber hablado con él, Fernando se desesperó. «¿Ahora qué?», pensó llamar a Irene para pedirle consejo pero desechó la idea al recordar el fin de semana en Los Susurros y lo fría e incomprensiva que ella se había mostrado. Buscando escaparse de los pensamientos que lo mantenían vinculado a su padre, volvió a citar a los vicepresidentes de área en su despacho, esta vez uno por uno, para ver cuánto habían adelantado en el cumplimiento de sus últimas instrucciones. El de medios de comunicación le informó que tenía listo el análisis de los costos que conllevaría bajar de golpe todas las tarifas, pero que en vista de lo elevado de los mismos creía necesario volver a consultarlo con él antes de seguir adelante. La respuesta fue inmediata y enérgica: «Yo ya había hecho el análisis y esos costos serán ampliamente recompensados cuando aumentemos nuestra penetración en el mercado. En ese momento estaremos en posición de volver a incrementar las tarifas para recuperar la disminución de ingresos. Procede enseguida; no quiero más excusas». El vicepresidente de obras y construcciones le informó que la firma de Rebolledo le había advertido que un secuestro injustificado de los bienes de los líderes sindicales podría traer como consecuencia una contrademanda millonaria por daños y perjuicios y, además, multas cuantiosas por parte del Ministerio de Trabajo. «¿Pero es que nadie en esta empresa sabe obedecer órdenes?», vociferó Fernando exasperado. «Tenemos que romper la maldita huelga y no hay manera de hacerlo sin quebrarle el espinazo a los dirigentes. Dígale a Rebolledo que proceda, que yo me hago responsable». El vicepresidente de minas le confirmó que ya había hecho la consulta a los abogados para el cierre de la operación minera mientras el precio del oro siguiera a la baja y que estaba tomando las medidas para llevarlo a cabo tan pronto obtuviera luz verde del gobierno. «Lo felicito porque usted sí sabe seguir instrucciones», fue el comentario de Fernando. Con el vicepresidente de energía no pudo hablar porque después de recibir las directrices del presidente ejecutivo se había trasladado a Perú de donde todavía no había regresado.

Pero tan pronto Fernando finalizaba cualquier tarea que se hubiera impuesto como urgente, su mente volvía a revolotear en torno a la apremiante necesidad de conocer los detalles del abuso sexual cometido por su padre. «No tengo más remedio que trasladarme a la Ciudad de México», concluyó, y llamó a Millán para informarle que viajaría a México y que necesitaba la dirección precisa de Aurorita y de su madre.

Alarmado, Millán le preguntó cómo pensaba proceder.

—Yo mismo me encargaré de vigilarla y estudiar la mejor manera de propiciar un encuentro con ella —explicó Fernando.

—¿Por qué no le escribe antes una carta? —sugirió el investigador—. Así se evita el enfrentamiento personal, incómodo para ambos, sin arriesgarse a la reacción negativa inmediata que tal confrontación puede producir en el ánimo de la muchacha. Además, en estos temas tan delicados siempre es conveniente poner las cosas por escrito para darse más tiempo de pensar y controlar lo que se dice.

—Una carta... —meditó en voz alta Fernando en el teléfono—. No se me había ocurrido, pero tiene usted razón, Millán. ¿Cómo me aseguro de que la reciba?

—La enviamos por Federal Express o por DHL. Utilizar un mensajero tiene la ventaja de que queda constancia del recibo del documento por parte del destinatario.

—Y ¿cómo nos aseguramos de que la leerá?

Asombrado ante lo absurdo de la pregunta, Millán se vio obligado a improvisar:

—Las mujeres son curiosas por naturaleza, señor De la Torre. Estoy seguro de que la leerá, pero le recomiendo que no le escriba en papel de la empresa sino en el suyo personal.

—De acuerdo, Millán, de acuerdo. Gracias por sus consejos.

Fernando oprimió la tecla del intercomunicador para llamar a su secretaria y dictarle la carta, pero antes de que ella respondiera lo pensó mejor. La secretaria no tenía por qué conocer sus asuntos íntimos y, además, no quería correr el riesgo de que otros se enteraran. Decidió escribirla él mismo.

La primera duda surgió antes de comenzar siquiera a pensar en el contenido. ¿Cómo la encabezaría? ¿Estimada señorita Rodríguez? ¿Estimada Aurora? ¿Querida Aurorita? Finalmente se decidió por «Estimada Aurorita», que tenía una connotación personal, aunque no tan evidente. Después de pedirle a su secretaria que no lo interrumpiera ni le pasara ninguna llamada, por más urgente que fuera, comenzó a escribir. Pero nada de lo que leía en la pantalla de la computadora le satisfacía. Las palabras sonaban huecas, cargadas de lógica y de razonamientos, pero desprovistas de emociones. Finalmente decidió dejarse llevar por el propósito real de la misiva, y expresar, sencillamente, por qué había decidido escribirle, aunque ello significara dejar fluir sentimientos ajenos a su temperamento.

Estimada Aurorita:
Antes que nada, le ruego que no deseche esta carta; por favor, léala hasta el final.

Quisiera comenzar pidiéndole disculpas, las que le ruego transmitir a su madre, por el malestar que les pude causar cuando asistí al funeral de su abuela. Mi intención era únicamente demostrar mi gran interés en comunicarme con ustedes, que es también el motivo de esta carta.

Como usted sabe, mi padre, Ignacio de la Torre, desapareció hace más de diez años en un extraño accidente en el río Chiriquí Viejo. Ese accidente coincidió con algunas publicaciones periodísticas en su contra y con la acusación por el delito de pederastia que presentó su señora madre contra mi padre unos días después del accidente. En aquel momento yo me dediqué a buscar a mi padre y a tratar de limpiar su nombre, ante la justicia y ante la sociedad, y para ello tomé algunas acciones con las que pude haberlas ofendido, a usted y a su madre. El proceso penal contra mi padre se mantuvo por diez largos años hasta que hace poco el juez declaró prescrito el delito. Esto significa que ya mi padre no tiene que responder ante la justicia por el crimen del cual se le acusó, pero queda pendiente por determinar lo más importante para mí, algo que solo usted sabe: ¿cuál fue el delito que realmente cometió mi padre? ¿Abusó sexualmente de usted? Estas son preguntas que me han venido atormentando a lo largo de los años y para las que todavía no he podido encontrar una respuesta. Mi abogado tuvo acceso al expediente de la denuncia, pero allí solamente se habla de pederastia en términos generales, sin especificar nada. Usted, Aurorita, es la clave, es la única persona que sabe lo que realmente ocurrió. Pensarán usted y su madre, con justa razón, que no les incumbe la angustia que yo pueda sentir. Pero sí que es de su incumbencia. Su madre fue la asistente de mi padre durante casi veinte años y quiero pensar que entre ellos existió una vinculación de amistad que iba más allá de la mera relación laboral. Él se preocupó de que usted estudiara en los mejores colegios y procuró que nunca le faltara nada. Esta relación cambió para siempre aquella noche en la cabaña de Los Susurros, cuando debido a un inesperado malestar de su madre, él y usted, entonces una niña de catorce años, se quedaron solos. ¿Qué ocurrió, realmente, esa noche, Aurorita? ¿Puede usted decírmelo? Le prometo que lo que usted me diga quedará únicamente entre nosotros.

Hoy ya no estoy seguro de si mi padre realmente falleció en aquel accidente en el río. Mi hermana, que desde hace años no me dirige la palabra, insiste en que él sigue con vida, a tal punto que ha interpuesto una acción judicial para que un juez así lo declare. Todo lo ocurrido me ha llevado a creer que mi padre pudo haber fingido su muerte, avergonzado por lo que ocurrió en Los Susurros, y que hoy vive en algún lugar remoto, rumiando una vergüenza que le impide volver al país donde triunfó como empresario y fracasó como ser humano. Pero la duda persiste. ¿Puede usted aclararla?

Tal como le manifesté en el sepelio de su abuela, estoy más que dispuesto a reparar el daño causado, y no hablo solamente de dinero sino de cualquier acción de mi parte que para ustedes sea importante. Lo único que pido a cambio es conocer la verdad.

Así como al principio le pedí leer esta carta hasta el final, ahora le ruego que por favor me responda. Si prefiere que conversemos personalmente, estoy dispuesto a trasladarme a México en el momento en que usted lo indique.

Con profundo respeto,

Fernando de la Torre

Fernando releyó varias veces la carta, hizo unas cuantas correcciones, la imprimió en su papel personal, la firmó, la metió en un sobre, escribió a mano el nombre de Aurorita y le pidió a su secretaria que lo enviara enseguida por DHL a la dirección indicada por Millán. De vuelta en su escritorio, se sintió más tranquilo y decidió devolverle la llamada a Irene, que durante la semana lo había llamado varias veces al celular y después de la última llamada había dejado un mensaje en el que preguntaba, con evidente preocupación: «Fernando, ¿qué te ocurre? ¿Por qué no devuelves mis llamadas?».

—Irene, soy yo.

—Fernando, por fin. ¿Qué te habías hecho?

—Trabajando más de la cuenta, tratando de resolver algunos de los problemas que te mencioné en Los Susurros. Y tú, ¿cómo has estado?

—Yo bien, extrañándote. ¿Cuándo vienes por acá?

—Casualmente estoy esperando una llamada del presidente de Perú, a quien le pedí una cita. Ya sabes cómo son esas cosas; de pronto te llaman y tienes que salir corriendo. Te prometo que tan pronto regrese te llamaré.

Irene se quedó callada.

—¿Estás allí todavía? —preguntó Fernando.

—Sí, aquí estoy. Te deseo éxito en tu viaje.

—Gracias, querida. Chao.

—Adiós Fernando.

Al terminar la llamada ambos sabían que, por conveniencia mutua, habían jugado a mentir sin riesgo de ser desmentidos.

Capítulo 17

Una semana después de haber enviado la carta a Aurorita sin recibir respuesta, Fernando comenzó a impacientarse. Pidió a Millán que tratara de averiguar su correo electrónico para enviarle un mail, pero el investigador lo convenció de que lo prudente era continuar esperando. Si ella le respondía —razonaba Millán en el teléfono—, lo haría por correo ordinario y no gastaría su dinero en un servicio de mensajería. «Los estudiantes viven al día en sus gastos», le recordó.

—¿Cree usted que Aurorita responderá? —preguntó Fernando.

—En realidad lo ignoro, señor De la Torre. De lo que sí estoy seguro es que no lo hará sin consultar a su madre y francamente no sé hasta dónde alcanza el resentimiento de Aurora. —Millán dudó un momento—. Si me permite preguntarle, don Fernando, y perdone si parezco atrevido, ¿sabe usted si entre su padre y Aurora existió alguna relación sentimental?

—Ninguna, que yo sepa —respondió Fernando enseguida. Iba a añadir que su padre siempre había censurado el acoso sexual en las empresas, pero calló: si había sido capaz de abusar sexualmente de una niña, ¿por qué no de una secretaria con la que pasaba la mayor parte del día?

—Lo pregunto porque es sabido que el rencor de una mujer despechada puede ser eterno —añadió Millán.

—En realidad, Millán, ya no sé qué pensar. La imagen que tenía de mi padre, de los seres humanos, del mundo, se ha esfumado y hoy debo vivir con la angustia de saber que los seres humanos somos nuestros peores enemigos.

—¿Quiere que trate de investigar?

—¿Investigar qué, Millán? ¿El comportamiento de mi padre y su secretaria hace más de diez años? ¿Valdrá la pena? Tal vez lo mejor sea presumir que fueron amantes, que mi padre nunca quiso casarse con ella y que el despecho de la madre, como usted dice, impide que hoy Aurorita se comunique conmigo. Pero proceda usted, Millán, indague sin afectar las demás investigaciones que tenemos pendientes.

—Debo informarle que Riquelme continua negándose a hablar conmigo por teléfono, así es que mañana pienso visitarlo a ver si logro obtener alguna información que nos ayude en la búsqueda de su padre. Lo mantendré informado.

—Bien, Millán, espero sus noticias. Mientras tanto, voy a viajar a Perú a entrevistarme con el ministro de Energía y Minas. Para cualquier cosa que sea urgente me puede llamar al celular o enviarme un correo.

Fernando de la Torre había tratado en vano de obtener una entrevista con el presidente peruano. Lo único que pudo lograr fue una cita con el ministro de Energía y Minas, a quien no conocía porque recién había accedido al cargo. Antes de partir, se aseguró de que los trescientos millones estuvieran depositados en el Swiss Bank de las Bahamas y de que con su sola firma podía disponer de la totalidad de ese dinero. A Manuel Vivencio, que insistía en saber cuándo y cómo comunicaría el movimiento de los fondos a los bancos acreedores, le respondió que decidirían después de su regreso. «Vamos a ver cómo me va con el ministro antes de tomar una decisión», le dijo a un obsecuente, aunque angustiado, vicepresidente de finanzas.

La reunión con el ministro fue un desastre. Antes de recibirlo lo habían hecho esperar dos días en el hotel y Fernando pudo enterarse, mediante los noticieros de televisión y los periódicos, que las inversiones de la empresa multinacional Cotosa en Perú estaban a punto de ser expropiadas. En las columnas de chismes y en las redes sociales, seguramente información sembrada por el gobierno, también aparecían comentarios que insinuaban que había algo pecaminoso detrás del contrato otorgado a la empresa extranjera. Todo lo anterior provocó que Fernando llegara a la cita de pésimo humor y muy agresivo. No bien hubieron intercambiado saludos, el ministro le dejó saber que el gobierno había tomado la decisión de adquirir las operaciones energéticas de Cotosa, que preferían hacerlo mediante un convenio negociado, pero que si no llegaban a un acuerdo mutuamente satisfactorio, se procedería a la expropiación en la forma autorizada por la Constitución y las leyes.

—¿Dónde queda, señor ministro —preguntó Fernando, procurando mantener la calma—, la seguridad jurídica que ofreció su gobierno cuando invitó a mi empresa a invertir mil millones de dólares en su país?

—Es precisamente esa seguridad jurídica —respondió imperturbable el ministro— la que ha determinado que procedamos en la forma que le acabo de indicar. Aunque preferimos no ventilarlo públicamente, sabemos que hubo algunas actuaciones de dudosa legitimidad en el otorgamiento de las concesiones a su empresa.

—Veo que se han creído sus propias mentiras, las mismas que, como por arte de magia, han comenzado a aparecer últimamente en las publicaciones de chismes y en las redes sociales. La pregunta es ¿por qué ahora?

—Porque ha sido recientemente que el gobierno nacional cayó en cuenta de que hay algo podrido en Dinamarca. Sin embargo, le reitero que estamos dispuestos a negociar con usted y a ofrecerle un precio justo por las concesiones otorgadas a su empresa.

—¿Puedo saber cuál sería ese precio?

El ministro tomó una carpeta de la bandeja de asuntos pendientes y comenzó a pasar las páginas parsimoniosamente.

—No era el propósito de esta reunión entrar a considerar cifras, pero, ya que usted lo pregunta, estimamos que trescientos cincuenta millones es una suma justa.

—¿Habla usted en serio? —preguntó Fernando, esbozando una sonrisa sarcástica—. La inversión de Cotosa sobrepasa los mil millones de dólares, mil ochenta y cinco, para ser exactos. Desde hace tres años la empresa está generando una ganancia promedio de cien millones de dólares anuales y usted piensa ofrecerme una suma que representaría, si acaso, tres años de ganancias. ¿Qué clase de burla es esta, señor ministro?

—No es una burla, señor De la Torre. Es una oferta y para su empresa una oportunidad de salir limpia y sin mayores contratiempos de una situación que podría agravarse si el gobierno se viera obligado a expropiar su empresa.

—Antes de continuar debo preguntarle ¿qué piensan hacer ustedes con los bancos acreedores que de buena fe prestaron el dinero a Cotosa para el desarrollo de los proyectos? Todavía se les adeudan más de seiscientos millones.

El ministro juntó las manos, como si fuera a rezar, y las colocó debajo de la barbilla.

—Es evidente que en caso de que el Estado deba proceder con la expropiación, tendremos que reexaminar la situación de la empresa expropiada frente a los bancos acreedores, a los proveedores y a los trabajadores. Es la forma responsable de actuar.

—¿Y si yo accedo a venderles?

—Ese será entonces problema suyo, porque el gobierno no estaría adquiriendo las acciones de la empresa sino únicamente sus activos.

—¿Así es que me pagan trescientos cincuenta millones por mis activos pero yo quedo debiendo seiscientos veinte millones a los bancos? —vociferó Fernando—. ¿Qué clase de atraco es este, señor ministro?

—No hay que pasarse de la raya, De la Torre. La decisión del gobierno está tomada y no queda más espacio para negociar.

—Entonces, procedan a expropiar las concesiones y aténganse a las consecuencias. No creo que sea necesario recordarle que un país que no respeta la seguridad jurídica queda en la mira de todas las instituciones financieras internacionales y no precisamente para otorgarle préstamos. Yo también tengo recursos, señor ministro, y sé cómo utilizarlos.

Fernando se levantó para irse y antes de que llegara a la puerta el ministro le advirtió:

—Espero que recuerde, señor De la Torre, que para justificar la expropiación tendremos que dar a conocer los actos de corrupción que permitieron a su empresa ganar la licitación de las plantas de generación de energía renovable.

—Recuérdele usted también al anterior ministro y al señor presidente que el escándalo repercutirá mucho más allá de las fronteras de Perú.

Al día siguiente, el diario *El Comercio* publicó, en primera plana aunque sin mayor despliegue, una noticia en torno a la decisión del gobierno de revisar algunas de las concesiones otorgadas por el anterior ministro de Energía y Minas sin estricto apego a la ley y revocarlas, si fuere necesario, procurando no afectar el clima de seguridad jurídica que se vivía en el país. Se insinuaba, además, que las autoridades judiciales iniciarían las investigaciones pertinentes para determinar si se había cometido algún delito durante la negociación de los contratos. Fernando vio en la noticia, más que una amenaza, un puente que le tendía el gobierno con la advertencia de que si no lo cruzaba quedaría expuesto a la acción del gobierno y a las aguas tormentosas de la opinión pública. Después de ponderar sus fortalezas y debilidades, decidió llamar por teléfono al ministro. La secretaria que contestó le informó que no estaba disponible en ese momento y le pidió un número para comunicarse con él. Al cabo de media hora entró la llamada del ministro.

—Buenos días, De la Torre. Ayer salió usted de aquí intempestivamente.

—Así es, señor ministro. Es difícil para cualquier empresario ver destruida una obra que desarrolló con gran esfuerzo y cariño.

—Destruida no; únicamente cambiará de manos siguiendo una decisión tomada por el gobierno en beneficio de las grandes mayorías de Perú. Pero fue usted quien llamó, De la Torre. ¿En qué puedo servirle?

Fernando trataba de hablar de forma calmada.

—Creo que antes de regresar a mi país debemos hacer un esfuerzo para encontrar una solución satisfactoria para el gobierno y para la empresa.

—Pienso igual, señor De la Torre. ¿Puede venir al despacho esta tarde a las cuatro?

—Allí estaré.

Para Fernando, acostumbrado a negociar con gobiernos, la fórmula del avenimiento estaba clara. El gobierno propondría pagar la misma cantidad mencionada el día anterior y, como una fórmula conciliadora, también ofrecería asumir la deuda con los bancos, con los proveedores y con los trabajadores. Fernando trataría de mejorar el monto de la suma pero sabía que a la larga tendría que aceptar la propuesta del ministro. En ese momento le vinieron a la mente las palabras de su padre: «En una pelea entre la empresa privada y el gobierno, este, que cuenta con armas muy poderosas, siempre lleva las de ganar», pero enseguida las desechó. «No me equivoqué al negociar con un gobierno», se dijo. «Mi equivocación fue olvidarme de que los funcionarios son efímeros».

Esa tarde, la reunión se desarrolló como había anticipado Fernando. Después de un breve intercambio, el ministro aceptó que el gobierno asumiría todas las obligaciones de la empresa y se esforzaría en pagar a la empresa cincuenta millones por encima de los trescientos cincuenta ofrecidos el día anterior. Esa misma tarde Fernando hizo venir a su abogado al despacho del ministro para que en conjunto con el asesor jurídico del Ministerio iniciaran la redacción de los documentos pertinentes. A solicitud de Fernando, se incluiría una cláusula que prohibiría divulgar el acuerdo antes de que transcurriera un mes contado a partir de la fecha en la que el mismo hubiera sido enviado para su ratificación a las instancias gubernamentales correspondientes.

Al día siguiente, muy temprano, Fernando de la Torre abordó su avión en el aeropuerto Jorge Chávez y en la tranquilidad del vuelo meditó acerca de su futuro inmediato y en el de sus empresas. Aunque al principio ponderó utilizar los trescientos millones que pagaría el gobierno peruano para reponer la mayor parte de los fondos que recientemente había sustraído de Cotosa, recapacitó y decidió mantenerlos fuera del capital de la empresa como una reserva transitoria adicional. Si las cosas no salían bien para él, tal vez tendría que echar mano de ese dinero. Fernando calculaba que entre el tiempo que tomaría perfeccionar la operación de compraventa y el mes de no divulgación acordado con el gobierno peruano, podría disponer de por lo menos sesenta días antes de verse obligado a tomar una decisión final, lapso que también emplearía para decidir acerca de su propio futuro. Todo dependería del regreso de su padre y de los acuerdos a los que pudiera llegar con él. Su pensamiento volvió entonces hacia el tema que lo obsesionaba. ¿Qué haría con Aurorita? ¿Valdría la pena seguir insistiendo en escuchar de ella la verdad de lo acontecido aquella noche fatal en Los Susurros? Si iba a tener un enfrentamiento con su padre, ¿qué importaba si era culpable o inocente? Saber la verdad, siguió reflexionando, podría darle una ventaja, pero para ello tendría que conocer esa verdad antes del regreso de Ignacio de la Torre a Panamá. Pero ¿cómo hacer? ¿Volaría a México a tratar de convencer a Aurorita de la necesidad de ventilar con él lo ocurrido, de realmente pasar la página de un pasado que pesaba ya diez largos años? Quizás fuera lo mejor. Lo haría después de reunirse con sus ejecutivos para asegurarse de que todas sus instrucciones se estaban cumpliendo debidamente. Sobre el acuerdo alcanzado con el gobierno peruano, solamente informaría al vicepresidente de finanzas para asegurarse de que los fondos provenientes de la operación se canalizaran siguiendo estrictamente sus instrucciones. Después volaría a México.

La misma noche de su regreso a Panamá, Fernando abordó nuevamente su avión en el aeropuerto de Tocumen rumbo a la Ciudad de México. Durante el día había tenido una agitada sesión con sus principales ejecutivos y en vista de que no quedó satisfecho con la velocidad a la que estaban llevando a cabo sus instrucciones, les pidió volver a reunirse el miércoles de la semana siguiente, dándose así tiempo suficiente para ir a México a reunirse con Aurorita. Camino al aeropuerto había llamado a Millán, a quien autorizó a ofrecer aún más dinero a los investigadores españoles para que apuraran las pesquisas sobre el paradero de su padre, de modo que a su regreso pudieran discutir la estrategia a seguir.

En la Ciudad de México, Fernando se registró en el hotel Four Seasons y solicitó un auto con chofer para el día siguiente a las seis de la mañana. A esa hora en punto, habiendo ingerido solamente una taza de café, abordó el automóvil. Al conductor, que respondía al nombre de Venancio, le mostró el papel con la dirección de Aurorita que le había entregado Millán.

—Voy a visitar a una sobrina que estudia en la UNAM, a la que no veo desde hace años. ¿Cómo cuánto tiempo le tomará llegar?

—No está tan lejos y a esta hora no hay tantísimo tráfico. En menos de una horita estaremos allí. Aquí tiene *El Universal*, licenciado, para que se entretenga.

Fernando hojeó el periódico sin conseguir apartar su mente de Aurorita. Confiaba llegar antes de que la muchacha partiera para la universidad, y abordarla tan pronto saliera de su casa. Si a esa hora ya se había ido, tendría que cambiar de planes. Llegó al edificio de apartamentos donde habitaba Aurorita un poco antes de las siete de la mañana y le pidió al chofer que estacionara enfrente.

—Si uno se queda aquí mucho tiempo, luego luego lo multan. Si usted quiere, licenciado, yo averiguo con el portero a ver a qué hora sale la niña para la universidad.

—Pregunte usted, Venancio. Yo me quedo en el auto para evitar la multa.

—Enseguida regreso, patrón.

Unos minutos después, regresaba Venancio.

—No hay suerte, licenciado. La niña no asiste los jueves a la universidad. Dice el portero que hoy le toca ir al mercado, pero que no tiene una hora fija de salida.

—No importa, esperaremos. ¿Está muy lejos el mercado? Tal vez allá pueda encontrar dónde dejar el coche.

—Nomás pregunto y enseguida regreso.

Venancio volvió a cruzar la calle y conversó brevemente con el portero.

—Dice que está muy cerca, a dos cuadras, y que en el mercado sí puedo estacionar el auto. ¿Vamos allá?

—Vaya usted. Yo esperaré aquí a que ella salga, no sea que cambie de parecer.

—¿Seguro, patrón?

—Seguro.

Fernando cruzó la calle, le dio al portero un billete de veinte dólares, le pidió que no dijera nada a la señorita Rodríguez para no arruinar la sorpresa de su visita y se dedicó a esperar pacientemente, medio oculto a la sombra de un arbusto. Pasadas las nueve de la mañana salió Aurorita, intercambió saludos con el portero y emprendió su camino. Vestía una falda corta que permitía apreciar sus piernas largas y bien formadas. «Es hermosa», pensó Fernando, que la dejó alejarse antes de preguntar al portero si, efectivamente, Aurorita iba en dirección al mercado.

—Para allá va, señor. La señorita es muy metódica y hoy es el día de comprar los víveres.

Fernando siguió a Aurorita hasta el mercado. Razonando que allí le resultaría más difícil eludirlo que en medio de la calle, decidió entrar tras ella y la observó mientras examinaba minuciosamente algunas frutas antes de colocarlas en el carrito. Cada vez que se inclinaba, sujetaba con la mano libre la blusa para evitar que sus senos se vieran más allá del escote. «Sí, Aurorita se ha convertido en una mujer muy bella». Cuando la muchacha pasó de la sección de las frutas a la de los vegetales, donde había menos gente, Fernando decidió que era el momento de abordarla. Se acercó despacio, se detuvo a su lado y esperó a que reparara en él. Ella lo miró sin verlo realmente y un instante después, se dio vuelta. Su expresión de asombro se transformó al instante en una de pánico.

—¡Usted! —exclamó—. ¿Es que no dejará de acosarme?

—Sí, soy yo otra vez, Aurorita, el hijo de Ignacio de la Torre —dijo Fernando con voz pausada, tratando de que su rostro reflejara sinceridad—. Le escribí pero usted no me contestó. Me urge hablarle; media hora de su tiempo es todo lo que le suplico que me conceda.

—¡Ni media hora ni nada! —gritó Aurorita—. Váyase ahora mismo de aquí si no quiere que llame a seguridad.

—He viajado desde Panamá únicamente para verla. Le suplico que no me rechace. Aunque el incidente con mi padre ya es historia, yo necesito conocer la verdad. Mucho depende de ello. ¡Necesito saber, Aurorita! A cambio puedo ofrecerle cualquier ayuda que le haga falta.

—Le suplico una vez más que se vaya. —Aunque Aurorita había bajado el tono de la voz, en sus ojos castaños fulguraba un desprecio aún más intenso—. Si no lo hace enseguida, llamaré a la seguridad del mercado y también a la policía.

—Solamente quiero saber cuánto abusó mi padre de usted... no es mucho pedir.

—¡Usted no es más que un pervertido! —volvió a gritar Aurorita—. ¡Seguridad, por favor que alguien llame a la seguridad; este señor me está acosando!

Al observar que algunos clientes se acercaban atraídos por el escándalo, Fernando optó por alejarse. Primero pensó esperar en la salida para seguir insistiendo, pero en ese momento un hombre de uniforme conversaba con la muchacha y buscaba con la mirada al causante de tanto alboroto. Temiendo peores consecuencias, Fernando caminó hacia el coche donde Venancio, al ver la prisa que llevaba su empleador, preguntó:

—¿Todo bien, licenciado?

—Vámonos de aquí —respondió Fernando.

—¿De vuelta al hotel?

Fernando dudó un instante. Podría regresar al edificio donde vivía Aurorita y esperar a que ella regresara del mercado. Tal vez para entonces se le habría pasado el enojo. Pero no, era mucho más que enojo lo que vio en su mirada; era uno de esos odios que no mueren jamás.

—Sí, regresamos al hotel.

Esa tarde Fernando abordó el avión de vuelta a Panamá convencido de que tendría que soportar por el resto de sus días la incertidumbre de no saber cuán bajo había caído su padre.

Capítulo 18

Las noticias que esperaban a Fernando de la Torre después de su regreso de México no eran buenas. En la reunión con sus vicepresidentes de área, el de medios informó que las otras televisoras y radiodifusoras también habían bajado las tarifas a los anunciantes, de forma aún más agresiva, y que se hacía necesario revisar la estrategia porque los resultados preliminares indicaban que no solamente no habían ganado anunciantes sino que más bien estaban perdiendo algunos. El vicepresidente de la minera reportó que el cierre temporal de la mina había dado lugar a una protesta obrera que obligó al gobierno a revocar la medida. El abogado Arellano, que tenía a su cuidado el seguimiento de la demanda contra los dirigentes sindicales, confirmó que el día anterior el departamento laboral del Ministerio de Trabajo había impuesto a Cotosa una multa de diez mil dólares diarios que se seguirían causando mientras la empresa mantuviera el secuestro de los bienes de los líderes obreros, acción que las autoridades consideraban una violación del fuero sindical y de los derechos humanos. Para rematar, antes de que concluyera la reunión, Fernando había tenido que salir a atender una llamada urgente del abogado peruano, quien le informó que los representantes del gobierno estaban poniendo trabas a la redacción del acuerdo final y que ahora exigían la revisión de la suma que el gobierno estaba dispuesto a reconocer a Cotosa. «Quieren volver a la oferta que inicialmente le hizo a usted el ministro, de pagar trescientos cincuenta millones de dólares con el argumento de que el monto de las indemnizaciones adeudadas a los obreros es superior a las reservas incluidas en los estados financieros de la empresa». Fernando lo instruyó a aceptar enseguida la propuesta y cerrar cuanto antes la negociación. «Su misión —ordenó— es concluir el asunto ya».

Al finalizar la reunión, el vicepresidente de finanzas esperó a que todos abandonaran la sala de reuniones y pidió a Fernando unos minutos para tratar temas pendientes.

—Dime, Manuel ¿malas noticias también?

—En realidad, no son ni malas ni buenas, don Fernando. Los auditores externos están requiriendo información sobre las reservas para terminar de cerrar los estados financieros y no sé cómo responder.

—No veo cuál es el problema —dijo Fernando fastidiado—. Aun cuando los trescientos millones estén a nombre de otra empresa del grupo, la información financiera del conglomerado no tiene por qué cambiar.

—Pero el nombre de la nueva empresa hay que reportarlo para que ellos puedan dejar constancia en el informe anual de que las acciones pertenecen en su totalidad a Cotosa, igual que las de las otras empresas del grupo.

—¿De cuánto tiempo disponemos?

—Lo único que puedo decirle es que en los años anteriores para esta fecha los auditores externos ya han tenido en sus manos toda la información financiera de las empresas.

Fernando se recostó en la silla y, volviendo a su vieja manía, tomó un bolígrafo y comenzó a darle vueltas.

—Llámalos para explicarles que estamos confrontando un problema en Perú y que trataremos de enviar la información dentro de los próximos diez días. Pero no des detalles.

Abrumado, Fernando sintió la ineludible necesidad de buscar refugio y solaz para sus angustias, de explayarse con alguien. Pero ¿a quién llamar? ¿En quién confiar? Por un momento pensó en Millán, pero con él los temas eran siempre los mismos y por ahora no quería volver a recordarlos. Solamente quedaba Irene, siempre Irene. Irene, la que a pesar de que él le había abierto de par en par sus más íntimas angustias al final no sabía comprenderlo. Irene, la que siempre quería decir la última palabra, la que había rehusado tener un hijo suyo, la que nunca dejaría de ser un misterio para él. Irene, la única persona a quien podía llamar amiga. ¿Qué clase de amistad? ¿Cuán sincera? No lo sabía. Fernando comenzó a marcar el número en el celular, pero volvió a dudar. ¿Para qué? ¿Acaso para contarle de su fracaso con Aurorita? ¿Valía la pena? Él sabía que una vez frente a ella, después de tomar la primera copa y de relajarse, irremediablemente comenzaría a hablar, a contarle lo que a nadie más podía contar. De momento, lo invadiría una sensación de alivio, derivada de haber descargado amarguras, para luego, lejos de su presencia, volver a caer en la misma apabullante soledad, que lo perseguía implacable. Pero tenía ganas, muchas ganas de compartir una copa de vino, un cigarrillo de marihuana y un lecho tibio. Volvió a marcar el número.

—Fernando, por fin llamaste. ¿Qué tal el viaje?

—Más complicado de lo que pensé, Irene. ¿Podríamos vernos esta noche?

—¿Esta noche...? —titubeó Irene—. De acuerdo, Fernando, pero algo más tarde que de costumbre. ¿Puede ser a las diez?

—¿Tan tarde? Si quieres lo dejamos para otro día.

—No, Fernando, yo también quiero verte —se apresuró a aclarar Irene—, pero tengo un compromiso con mis amigas a las seis para ponernos al día con los últimos escándalos aparecidos en las redes sociales. Pensándolo bien, no tengo que estar con ellas tanto tiempo. Ven a las ocho.

—Gracias, mujer, allí estaré.

Irene recibió a Fernando con una sonrisa tierna y una copa de tinto. Vestía pantalones y camisa hogareños. Después de decirle que lo había extrañado, esperó pacientemente a que su antiguo marido comenzara a hablar. Pero Fernando, taciturno y esquivo, se sentó en el sofá y comenzó a beber en silencio. Irene observó que no vestía con su habitual elegancia ni se movía con su acostumbrada desenvoltura. Ambos permanecieron callados, bebiendo sin apuro.

—En Perú las cosas no marchan bien —soltó Fernando finalmente—. Y debo decir que aquí tampoco. Son tiempos difíciles para Cotosa.

—Has pasado por ellos antes y siempre has salido airoso.

—Lo sé, a veces son ciclos que afectan a las empresas multinacionales como consecuencia de desajustes en la economía mundial. Pero ahora es diferente porque desde hace un año nuestros ingresos han comenzado a disminuir. En fin, tendré que tomar decisiones drásticas, pero no era de negocios que quería hablarte.

Hubo otro largo silencio.

—Hablé con Aurorita —dijo Fernando sin ningún matiz en la voz.

Rehuyendo la mirada inquisitiva de Irene, Fernando comenzó a contar, con voz queda y calmada, la odisea de las últimas semanas: su asistencia al funeral de la madre de Aurora, la carta sin respuesta enviada a Aurorita y la frustrada visita a México. Mientras hablaba, se pasó un par de veces la mano por el cabello, un gesto nuevo en él.

—Nunca sabré lo que realmente ocurrió entre mi padre y Aurorita a menos que algún día él mismo me lo cuente —se lamentó.

—¿Has sabido algo nuevo de tu padre? —preguntó Irene.

Era la primera pregunta que formulaba ella esa noche y enseguida se arrepintió al ver el rostro de Fernando pasar de la indiferencia a la ira.

—¡Creí que había quedado claro entre nosotros que no me interesa hablar de ese tema! —estalló mientras volvía a pasarse ambas manos por la cabeza.

—Pero si fuiste tú quien habló de tu padre —reclamó Irene sin poder contenerse.

—Siempre lo mismo, Irene. Quieres tener la última palabra y controlarlo todo, como me has controlado a mi durante todos estos años.

Fernando se levantó de forma brusca y se sirvió otra copa de vino. Después de dar algunos pasos por la habitación, regresó al sofá y se sumió nuevamente en su anterior apatía. Irene comprendió entonces que el problema de su exmarido trascendía cualquier ayuda que ella pudiera ofrecerle. Pero ¿cómo decírselo?

Fernando bebía su tercera copa cuando Irene se atrevió a preguntarle, cautelosa:

—¿Has pensado en buscar ayuda?

—¿A qué te refieres? ¿Ayuda para qué?

—Todos pasamos por momentos difíciles —insistió Irene, conciliadora—. Aunque nunca te lo dije, unos meses después de nuestro divorcio yo caí en una profunda depresión y necesité ayuda médica para salir adelante.

—¿Me estás hablando de un psiquiatra? —preguntó Fernando entre enojado y burlón—. ¿Pretendes que me acueste en un sofá a contar mis males a un desconocido?

—No, Fernando, no se trata de hablar con nadie. Hay medicamentos que ayudan enormemente.

—Te he oído decir antes que no hay nada peor que las medicinas.

—Cuando se toman sin necesidad, Fernando. Pero hay...

—No sigas, Irene, te lo suplico. Si quieres que tome un calmante puedes darme otra copa de vino y un cigarrillo de marihuana. Y si tienes algo más fuerte, mejor aún.

—Bien sabes que de la hierba no paso ni creo que tú debas hacerlo —protestó Irene.

—En ese caso, no tengo nada más que hacer aquí. Tal vez tu amiga francesa sí me pueda complacer.

Tan pronto Fernando salió del apartamento, Irene llamó a Michelle Dumont.

—Amiga mía, Fernando y yo hemos tenido un pequeño disgusto y está fuera de sí. Es posible que se aparezca por tu casa. Te ruego que no lo recibas.

—Descuida, pequeña, esta noche no pasará de la portería. Pero para mañana no te prometo nada —dijo Michelle en su español sin erres.

Cuando Fernando llegó al edificio donde vivía Michelle, el conserje le informó que la señorita Dumont lo estaba esperando.

A la mañana siguiente, Fernando no pudo levantarse para ir a su partida de tenis. Los recuerdos de la noche anterior acudían a su mente como si fueran relámpagos aislados e indefinidos en los que se confundían la risa loca de Michelle Dumont, sus senos blancos y generosos, su lengua incansable y curiosa, con imágenes borrosas de él ingiriendo sustancias extrañas, revolcándose con la francesa en la cama, ambos aullando como si fueran lobos. No recordaba haber penetrado a la amiga de Irene pero ese detalle no menguaba la intensidad de su arrepentimiento. Sabía que no había pasado la noche en el apartamento de Michelle porque había despertado en su propia cama, pero no recordaba cómo había llegado. Su auto no estaba en el garaje y tuvo que enviar al chofer a buscarlo. A la oficina llegó pasadas las diez, con un malestar que iba más allá de los efectos del alcohol y de las drogas.

—Sobre su escritorio puse un sobre dirigido a usted que solamente le debía ser entregado en sus propias manos —anunció la secretaria—. Yo le garanticé al mensajero que si me lo dejaba me aseguraría de que lo recibiera tan pronto... regresara de la reunión.

—Gracias, Angélica. ¿De qué se trata? —preguntó Fernando.

—No lo sé, señor, pero presumo que es urgente.

Fernando entró en su oficina, se sentó detrás del escritorio y revisó el sobre, que no tenía otro distintivo que su nombre escrito con letras de imprenta. En el interior había cuatro hojas de papel cuidadosamente dobladas. Las dos primeras contenían una nota escrita con letra femenina. Fernando buscó la firma y quedó estupefacto. «Aurora Rodríguez». La leyó enseguida.

Señor De la Torre:

Sé que lo sorprenderá recibir esta carta. En realidad, no pensaba escribirle ni tener ningún contacto con usted, sobre todo después de que perturbó el recogimiento y el dolor de la familia cuando se presentó a los funerales de mi madre. Tuvo, además, la imprudencia de escribirle una carta a mi hija y, lo que es aún peor, la osadía de trasladarse a México y acosarla en un lugar público.

Pero yo fui criada en un hogar cristiano en el que aprendí desde pequeña que el amor al prójimo lleva implícita la obligación de perdonar, y que a veces es preciso dejar a un lado nuestros propios sentimientos para tratar de comprender y aliviar el dolor ajeno. Sus actos no han hecho sino demostrarme cuán confundido se encuentra usted y cuánta angustia lo embarga cuando, después de transcurridos diez años desde la muerte de su padre, sigue empeñado en averiguar lo que ocurrió aquella noche entre su padre y mi hija en la cabaña de Los Susurros. Sin embargo, la verdad que hoy me he obligado a compartir con usted va mucho más allá y lo ayudará a comprender mi comportamiento, del cual, debo decirlo desde ya, me he arrepentido profundamente por la herida tan honda que ha abierto. Abrigo la esperanza de que esta carta ayude a cicatrizarla.

Quise a su padre desde el día que empecé a trabajar para él, cuando yo contaba apenas veintiún años. Aurorita tenía entonces tres años y había sido el fruto de una aventura de dos adolescentes que creían haber descubierto el amor. Después de su nacimiento y de divorciarme del padre de ella, me dediqué por entero a procurar que fuera una niña feliz, labor a la que contribuyeron enormemente sus abuelos. Ignacio de la Torre, su padre, me trató desde el primer día como a un miembro más de su familia; era cariñoso, amable y comprensivo. Lo quise al principio como se quiere a un padre o a un hermano mayor, pero con el correr de los años me enamoré de él, de su bondad, de su hombría de bien, de su estricto sentido de la ética que lo obligaba a mantener entre nosotros la distancia que exigía su condición de hombre casado. Además, Ignacio estaba enamorado de su esposa, situación que, aunque aumentaba mi admiración por él, me hacía aún más desdichada.

Algún tiempo después de que su padre enviudó, la relación entre nosotros tomó otro rumbo. Yo seguía siendo su secretaria y asistente pero, además, él comenzó a confiar en mí para temas que usualmente se tratan con los cónyuges. Aurorita, a quien Ignacio le pagaba la escuela, la ropa, las vacaciones y sus pequeños caprichos, había comenzado a ser parte de su vida. La quería con verdadero amor paternal. Transcurrieron dos largos años antes de que Ignacio me declarara su amor. No tengo la menor duda de que conocía desde hacía mucho tiempo mis sentimientos hacia él. Desde un principio acordamos mantener nuestra relación en secreto, no tanto por temor a la reacción de ustedes, sus hijos, sino sobre todo porque Ignacio no quería violar las normas éticas que él mismo había impuesto dentro de sus empresas, en las que no eran permitidas las relaciones amorosas entre jefes y subalternos.

Renunciar habría sido aún peor y él me prometió que se casaría conmigo y adoptaría a Aurorita; solamente me pedía algo de tiempo. Y así fueron pasando los años. Yo nunca le exigí nada, aunque cada mañana despertaba con la ilusión de que ese fuera el día en que me propondría formalmente matrimonio. Pienso que Ignacio también sufría por no poder cumplir su promesa, pero algo más poderoso que su voluntad, algo que nunca alcancé a comprender, se lo impedía. Finalmente me prometió que comenzaría a planificar su retiro porque usted, Fernando, ya estaba listo para encargarse de la empresa, y que tan pronto se retirara nos casaríamos. Para esa época ya teníamos más de diez años de querernos. No utilizo exprofeso la palabra amantes porque nunca acepté ser la amante de su padre. La primera vez que me regaló una joya costosa no la acepté y se lo dije claramente: «No quiero ser tratada como una amante, yo aspiro a ser tu esposa». «Entonces, ¿somos novios?», preguntó él y me recordó que también entre novios estaban permitidos los regalos. Terminé por aceptar la joya, que todavía conservo, pero fue la última vez que me lo permití. Verá usted, Fernando, yo no aspiraba a la fortuna de Ignacio; sencillamente deseaba que nos quisiéramos abiertamente, con libertad, a pleno sol, cada minuto del día, cobijados para siempre bajo el mismo techo. Pero el tiempo siguió corriendo, Aurorita dejaba de ser una niña y se extrañaba de no poder decirle papá a Ignacio. «Tío Ignacio», lo llamaba siempre. A medida que ella crecía y buscaba su sitio en la vida, la situación para mí se volvía más insostenible. Finalmente, en nuestro último viaje a Los Susurros, le conté los problemas que estaba enfrentando con Aurorita y le exigí que fijara una fecha para su retiro y para nuestro matrimonio. Me prometió que lo haría. Esa misma noche contraje un virus que me obligó a ir al hospital y Aurorita se quedó en la cabaña sola con Ignacio. El resto lo sabe usted, pero si quiere conocer los detalles, la carta adjunta, que me envió su padre y en la que he tachado la parte que no es pertinente, lo dice todo, todo lo que yo no quisiera repetir.

La misma tarde de nuestro regreso a la capital, Aurorita me confió lo ocurrido la noche anterior en la cabaña de Los Susurros. Yo enloquecí; en mi mente se juntaron el desengaño del último tiempo por tantas promesas incumplidas, con el inmenso dolor de saber que el hombre que había amado en vano por tantos años había agredido sexualmente a mi hija. Desesperada, esa misma noche llamé a un amigo abogado quien me aconsejó presentar la denuncia enseguida. Le juro, y nunca juro en vano, que el abogado, quien ya no es mi amigo, nunca me informó que las denuncias por abuso de menores, una vez presentadas ya no pueden ser retiradas. Mi intención era, sí, herir a quien tanto me había herido, pero nunca por tanto tiempo ni con consecuencias tan graves y penosas, sobre todo para ustedes, sus hijos, que ningún daño me habían causado ni a mí ni a mi hija. Después, cuando supe que Ignacio había muerto ahogado, creí, y aún sigo creyendo, que fui yo quien con esa denuncia provoqué su muerte.

Esta carta quizás se convierta en el bálsamo que requiere mi conciencia para dejar de atormentarme. Espero que a usted también le ayude.

Sinceramente,

Aurora Rodríguez

Desconcertado, Fernando permaneció con el papel en la mano, la mirada perdida en el vacío. Cuando se repuso, su primera reacción fue dudar de la autenticidad de la carta, pero al desdoblar las otras hojas distinguió enseguida la letra inconfundible de su padre, trazos largos y parejos donde las vocales se destacaban por su claridad. Tal como advirtiera Aurora, en la carta había párrafos enteros tachados. Fernando se recostó en la silla y comenzó a leerla.

Querida Aurora:

Me apresuro a escribirte para aclarar cualquier malentendido que pueda haber quedado en tu ánimo después de nuestro retorno de Los Susurros. Comienzo por decirte que tu actitud no responde a la realidad de lo ocurrido... XXXXXXX XXXXX XXXXXXXXXX XXXXXXXXXXXXXXXXXXXXXXXXXXXXXXXXXXXXX XXXXXXXXXXXXXXXXXXXXXXXXXXXXXXXXXXXXX XXXXXXXXXXXXXXXXXXXXXXXXXXXXXXXXXXXXX XXXXXXXXXXXXXXXXXXXX.

A continuación relato con la mayor objetividad y apego a la verdad lo que sucedió la noche del sábado pasado, luego de que Aurorita y yo te dejamos en el hospital de El Volcán. Si recuerdas bien, era una noche muy fría, que exigió que mantuviéramos encendida la chimenea de la sala. Aurorita se retiró temprano a su cuarto y yo me quedé leyendo y escuchando música en el sofá. Cerca de la medianoche, ella llegó temblando, me dijo que se moría de frío y si podía calentarse a mi lado. Temeroso de que hubiera contraído el mismo virus que te llevó a ti al hospital, fui en busca de una manta bajo la cual nos cobijamos hasta quedarnos dormidos, yo con el libro todavía en las manos. De pronto desperté. A mi lado, Aurorita me empujaba y me preguntaba, angustiada: «¿Qué es eso?, ¿qué está pasando?», mientras apuntaba hacia mi erección nocturna. Aparentemente, la manta se había deslizado hasta el suelo y mi rigidez se había escapado por la abertura del piyama. «No es nada», le respondí yo, y ella, con lágrimas en los ojos, me dijo que se había despertado porque sintió que algo estaba presionando contra sus nalgas. «No es nada», volví a insistir, «accidentes que les suceden a veces a los hombres». Aurorita se levantó y corrió a refugiarse en su habitación. Yo me retiré a mi cuarto pensando si debía abordar con ella el asunto al día siguiente o si resultaría mejor no darle mayor importancia. Esa mañana, mientras desayunábamos, me pareció que ella actuaba con naturalidad y decidí no hablarle del tema.

No sé qué te habrá contado Aurorita, pero todo sucedió tal como lo describo ahora. Fue, simplemente, una erección nocturna que nos ocurre con cierta frecuencia a los hombres, aun a los de mi edad. Tal vez cometí el error de no aclararlo enseguida, pero pensé que era mejor así y que después de nuestro regreso a la ciudad lo comentaría contigo para que pudieras aconsejarla de la mejor manera posible, como solamente saben hacerlo las madres.

XXXXXXXXXXXXXXXXXXXXXXXXXXXXXXXXX
XXXXXXXXXXXXXXXXXXXXXXXXXXXXXXXXXXX
XXXXXXXXXXXXXXXXXXXXXXXXXXXXXXXXXXX
XXXXXXXXXXXXXXXXXXXXXXXXXXXXXXXXXXX
XXXXXXXXXXXXXXXXXXXXXXXXXXXXXXXXXXX
XXXXXXXXXXXXXXXXXXXXXXXXXXXXXXXXXXX

XXXXXXXXXXXXXXXXXXXXXXXXXXXXXXXXXXXXXX
XXXXXXXXXXXXXXXXXXXXXXXXXXXXXXXXXXXXXX
XXXXXXXXXXXXXXXXXXXXXXXXXXXXXXXXXXXXXX
XXXXXXXXXXXXXXXXXXXXXXXXXXXXXXXXXXXXXX
XXXXXXXXXXXXXXXXXXXXXXXXXXXXXXXXXXXXXX
XXXXXXXXXXXXXXXXXXXXXXXXXXXXXXXXXXXXXX
XXXXXXXXXXXXXXXXXXXXXXXXXXXXXXXXXXXXX.
XXXXXXX

Ignacio

«¿Eso fue todo?», se preguntó Fernando después de leer por segunda vez la carta de su padre. «Mi padre ¿inocente? No es posible».

Luego de mucho meditar, llegó a la conclusión de que la clave estaba en las palabras tachadas. Acercándose a la ventana observó el papel por detrás pero no logró distinguir nada. «¿Habrá alguna manera de revelar las palabras que aparecen ocultas por las tachaduras? ¡Millán!, si alguien puede ayudarme es Millán».

Fernando marcó apresuradamente el número del investigador, esperanzado de que respondiese enseguida.

—Señor De la Torre, ¿en qué puedo servirle? Si se trata de...

—Ha surgido algo nuevo, Millán, algo muy urgente. ¿Puede venir a verme cuanto antes?

No había transcurrido media hora cuando ya Millán atravesaba la puerta del despacho de Fernando.

—Gracias por acudir tan pronto, Millán. Siéntese por favor.

Fernando volvió a contar al investigador lo ocurrido después de su fallido intento de hablar con las dos Auroras en el funeral y su frustración al no recibir respuesta a la carta enviada a Aurorita, tan cuidadosamente redactada por él. Millán lo escuchaba sin inmutarse hasta que mencionó su desafortunado encuentro con Aurorita en un mercado público de la capital mexicana. El ceño fruncido había dado paso a un gesto de asombro.

—Eso no es lo importante —aclaró Fernando al advertir la expresión de Millán—. La razón por la cual lo he llamado es por estos documentos que acabo de recibir.

Fernando le entregó ambas cartas y le pidió leerlas. Millán leyó detenidamente, examinó luego los papeles desde varios ángulos y se los devolvió a su cliente.

—Sin duda esto explica muchas cosas —comentó.

—No explica nada, Millán. La explicación está en las palabras tachadas que Aurora no quería que yo leyera.

—No opino igual, señor. Aurora le envió a usted la carta original. Si la antigua secretaria de su padre no hubiera querido que usted conociera las palabras tachadas le habría enviado una fotocopia.

—No entiendo lo que me dice, Millán.

—Le explico. Tachaduras como las que hizo Aurora Rodríguez se pueden descifrar en el papel original utilizando procedimientos que permiten conocer lo que está escrito debajo de esos tachones. Con las fotocopias no ocurre igual.

—¡Precisamente para eso lo llamé, Millán! —exclamó Fernando eufórico—. ¿Cuánto tiempo le tomará descifrar las palabras tachadas?

—Esta misma tarde le traeré a usted la carta completa, señor De la Torre.

Obsesionado por conocer el contenido de la carta de su padre, Fernando no quiso abandonar su despacho ni pensar en nada más. Aunque se esmeraba por no llegar a conclusiones hasta conocer el texto entero, su mente febril no cesaba de buscar explicaciones, ninguna de las cuales tenía mucho sentido. Estaba convencido de que lo tachado por Aurora no eran más que alusiones a otras situaciones conocidas por ella, ocurridas quizás con la misma Aurorita, que revelaban con mayor claridad las aberraciones sexuales de su padre. Pero, de ser así, divagaba, ¿por qué tacharlas? ¿Qué motivación podía impulsar a Aurora a ocultar a Fernando la gravedad del pecado de su padre? ¿Habría sido ella cómplice de algún otro abuso?

El timbre del teléfono interrumpió las cavilaciones de Fernando.

—Le dije que no quería llamadas —recriminó a su secretaria.

—Se trata de Arellano, señor. Está aquí y me dice que es muy urgente.

—Está bien; hágalo pasar.

El rostro consternado del abogado logró captar la atención de Fernando.

—¿Qué ocurre, Arrellano? —preguntó sin pedirle que se sentara.

—Se trata de algo muy grave, señor. Existe un rumor, muy persistente, de que dos bancos están a punto de denunciarlo por estafa. Quizás ya lo hayan hecho.

—¿De qué habla, Arellano? ¿Denunciarme a mí por estafa?

—Lo acusan de haber sustraído una suma considerable de los fondos que Cotosa mantiene en los bancos denunciantes.

Fernando maldijo a Vivencio. «¿Qué habrá hecho ese imbécil?». En ese momento sonó el timbre de su celular y el nombre de Millán apareció en la pantalla.

—Gracias, Arellano. No se preocupe, yo me encargo de aclarar cualquier cosa con los bancos. Ahora déjeme solo que debo responder una llamada urgente...

—Millán ¿logró descifrar la carta?

—Por supuesto, señor. Lo llamo para avisarle que en diez minutos estaré en su oficina.

—Mi secretaria tiene instrucciones de dejarlo pasar en cuanto llegue.

Fernando se paseaba de un lado a otro del despacho cuando entró Millán.

—Aquí tiene la carta, señor. La reproduje en la computadora y la imprimí; yo mismo, por supuesto. Las frases tachadas por Aurora están resaltadas en letras mayúsculas.

Sin esperar invitación, Millán tomó asiento frente al escritorio mientras Fernando, fascinado, comenzaba a leer.

Querida Aurora:

Me apresuro a escribirte para aclarar cualquier malentendido que pueda haber quedado en tu ánimo después de nuestro retorno de Los Susurros. Tu actitud para conmigo y tus amenazas no responden a la realidad de lo ocurrido, MENOS AÚN DESPUÉS DE LA RELACIÓN QUE HEMOS MANTENIDO A LO LARGO DE TODOS ESTOS AÑOS. LO

MUCHO QUE LAS QUIERO A TI Y A AURORITA, A QUIEN, BIEN LO SABES, CONSIDERO COMO MI PROPIA HIJA, REQUIERE QUE ENTRE NOSOTROS NUNCA EXISTA SIQUIERA LA SOMBRA DE UNA DUDA.

A continuación relato con la mayor objetividad y apego a la verdad lo que sucedió la noche del sábado pasado, luego de que Aurorita y yo te dejamos en el hospital de El Volcán. Si recuerdas bien, era una noche muy fría, que exigió que mantuviéramos encendida la chimenea de la sala. Aurorita se retiró temprano a su cuarto y yo me quedé leyendo y escuchando música en el sofá. Cerca de la medianoche, ella llegó temblando, me dijo que se moría de frío y que si podía calentarse a mi lado. Temeroso de que hubiera contraído el mismo virus que te llevó a ti al hospital, fui en busca de una manta bajo la cual nos cobijamos hasta quedarnos dormidos, yo con el libro todavía entre las manos. De pronto desperté. A mi lado, Aurorita me empujaba y me preguntaba, angustiada: «¿Qué es eso?, ¿qué está pasando?», mientras apuntaba hacia mi erección nocturna. Aparentemente, la manta se había deslizado hasta el suelo y mi rigidez se había escapado por la abertura del piyama. «No es nada», le respondí yo, y ella, con lágrimas en los ojos, me dijo que se había despertado cuando sintió que algo estaba presionando contra sus nalgas. «No es nada», volví a insistir, «accidentes sin importancia que les suceden a veces a los hombres». Aurorita se levantó y corrió a refugiarse en su habitación. Yo me retiré a mi cuarto pensando si debía abordar con ella el asunto al día siguiente o si resultaría mejor no darle tanta importancia. Esa mañana, mientras desayunábamos, me pareció que ella actuaba con naturalidad y decidí no hablarle del tema.

No sé qué te habrá contado Aurorita, pero todo sucedió tal como lo describo ahora. Fue, simplemente, una erección nocturna que nos ocurre con frecuencia a los hombres, aun a los de mi edad. Tal vez cometí el error de no aclararlo enseguida, pero pensé que era mejor así y que después de nuestro regreso a la ciudad lo comentaría contigo para que pudieras aconsejarla de la mejor manera posible, como solamente saben hacerlo las madres.

EN NOMBRE DEL AMOR QUE TÚ Y YO HEMOS COMPARTIDO A LO LARGO DE ESTOS AÑOS TE PIDO QUE SI DESPUÉS DE LEER ESTA CARTA TODAVÍA QUEDA EN TU MENTE ALGUNA DUDA, ME PERMI-

TAS ACLARARLA. EL PROPÓSITO DE UNIR PARA SIEMPRE NUESTRAS VIDAS NO DEBE VERSE AFECTADO POR ESTE LAMENTABLE INCIDENTE. AUNQUE SÉ QUE ME RECRIMINAS PORQUE HE POSPUESTO VARIAS VECES LA FECHA DE LA BODA, SABES DE SOBRA QUE NO ES POR FALTA DE AMOR. COMO BIEN CONOCES, ESTOY PRÓXIMO A RETIRARME DEL MANEJO DE LAS EMPRESAS Y EN CUANTO LO HAGA, TE PROMETO QUE HAREMOS REALIDAD NUESTROS SUEÑOS Y LOS TRES PODREMOS ENTONCES FORMAR UN HOGAR DIGNO DEL AMOR QUE NOS PROFESAMOS.

TE QUIERE,

Ignacio

Fernando permaneció un largo rato extático.

—Así es que Aurora ha dicho la verdad y todo fue por despecho —reaccionó finalmente.

Millán eligió no responder.

—No sé qué pensar de la carta de Aurora —continuó Fernando mientras tomaba un bolígrafo y comenzaba a darle vueltas—. ¿Es ella tan buena como aparenta? Lo cierto es que al denunciar a mi padre no le importó el trauma que podría causar a su propia hija. ¿Qué piensa usted, Millán? ¿Cuál es su opinión profesional?

—En realidad, señor, no tengo ninguna. —Millán ya no arrugaba el ceño—. Haría falta investigar. Hay elementos que sugieren que el único delito de su padre, si es que podemos llamarlo así, fue enredarse sentimentalmente con su secretaria privada y no cumplir la promesa de desposarla. Siempre queda la interrogante del propósito que perseguía Aurora al entregarle a usted ahora la carta escrita por él y el porqué de las tachaduras. Reitero mi impresión de que ella sabía que usted leería toda la carta, incluyendo las palabras tachadas. Pero, ¿por qué?, ¿para qué? Lo cierto es que la mente de las mujeres a veces trabaja de manera incomprensible. Tal vez lo que realmente quiso fue resaltar aún más su verdad y su terrible decepción.

—¿Estaría diciendo la verdad mi padre al escribir la carta? —Fernando parecía no haber escuchado a Millán—. ¿Es creíble su historia? Lo que ocurrió en Los Susurros ¿fue una erección inocente que Aurorita no supo comprender o realmente hubo algo más? ¿No sería la intención de Aurora mortificarme no solamente por lo que yo ya conocía a través de su denuncia en contra de mi padre, sino haciéndome conocer también lo que ignoraba acerca de sus relaciones íntimas y clandestinas con ella, su secretaria privada?

Millán observaba, confundido, el efecto que la carta descifrada por él parecía haber tenido en el ánimo de Fernando, que ahora hablaba y actuaba con una tranquilidad rayana en la indiferencia.

Fernando se levantó de la silla y lentamente se dirigió a la ventana. Desde allí siguió pensando en voz alta.

—Uno de los principios sacrosantos de mi padre era jamás aprovecharse del cargo para satisfacer apetitos inmorales. Tal vez no fue tanto la acusación de pederastia sino el temor de que se conociera el incumplimiento de sus propias normas éticas lo que lo impulsó a desaparecer. Y esta última falta, por no ser un delito sino una simple lacra moral, no tiene término de prescripción. —Y añadió, volteándose hacia Millán—: ¡Ahora ya no sé si mi padre está vivo o muerto!

El teléfono sonó y Fernando regresó a su escritorio para contestar.

—Está bien, Angélica, puede pasarme la llamada... dime Arellano. Sí, entiendo. Gracias por avisarme.

Fernando volvió a sentarse y sonrió al ver el rostro expectante de Millán.

—Me acaba de informar su amigo Arellano que dos bancos de la localidad me han denunciado penalmente por estafa. Tal vez mañana lo llame para que investigue el origen de semejante acusación. Gracias por todo, Millán, ha sido usted un buen amigo. Ahora le ruego que me deje solo.

El hijo de Ignacio de la Torre regresó al ventanal y su mirada volvió a perderse en el vacío. Presa de un enorme cansancio, llamó por teléfono a Santiago Serracín.

—¿Qué tal, Santiago? ¿Entró ya el verano? Creo que me hace falta un breve descanso en Los Susurros. Llegaré mañana, así es que ten listo el kayak.

Capítulo 19

Fernando de la Torre entró en la iglesia de San Pedro de Cudillero minutos antes de que comenzara la misa y se sentó en una de las últimas bancas desde donde podía observar el sitio en el que ya comenzaban a ubicarse los miembros del coro. El corazón le dio un vuelco cuando identificó a su padre. Le pareció que había adelgazado y que, aunque mantenía la postura erguida, se movía con más lentitud. Para observarlo más de cerca pensó colocarse en una de las bancas próximas al altar, pero, temeroso de que su padre reparara en él, desistió. Tan pronto comenzaron a sonar las campanadas, los coristas, diez en total entre hombres y mujeres, se ubicaron en sus respectivos lugares y, atendiendo una indicación del director, entonaron el canto de entrada. Aunque Fernando nunca había tenido inclinación por la música, le pareció que cantaban bien y, como si volviera a revivir viejas emociones, se sintió orgulloso de ser hijo de uno de los cantores, sentimiento que languideció en pocos segundos.

Todavía no había decidido cómo y dónde confrontaría a su padre. ¿Lo sorprendería a la salida del templo? ¿Lo seguiría hasta saber hacia dónde se dirigía para entonces abordarlo? ¿Esperaría a que regresara a su piso, ubicado cerca del embarcadero? Concluido el primer canto, el cura dio la bienvenida a los feligreses y los invitó a confesar sus pecados ante Dios y ante sus semejantes. «Yo confieso ante Dios todopoderoso y ante vosotros, hermanos, que he pecado mucho de pensamiento, palabra, obra y omisión...». Fernando trató de observar si su padre, católico practicante, también oraba, pero la distancia no le permitía distinguir si movía los labios.

Días atrás, cuando Millán le informó que los investigadores españoles habían encontrado a su padre en Cudillero, un pueblo de pescadores en Asturias, la primera reacción de Fernando había sido la de poner en duda el hallazgo: «¿Cómo saben que se trata, efectivamente, de mi padre?», preguntó. «Porque todo coincide», había respondido un excitado Millán. «Los españoles han hecho bien su trabajo. Los lugareños a quienes interrogaron aseguran que don Carlos Hidalgo, como se hace llamar ahora Ignacio de la Torre, llegó a Cudillero hace aproximadamente diez años; que sus ingresos parecen provenir de unos réditos que recibe de negocios que realizó antes de retirarse, dinero que, entre otras cosas, le permitió adquirir el piso en el que hoy habita, que sin ser opulento sí es muy costoso; que es un hombre caritativo y que ninguno de sus muchos amigos parece conocer nada de su vida antes de que apareciera por Cudillero. Además, y lo más importante, tomaron fotos que tan pronto cuelgue el teléfono le haré llegar a su correo». Las numerosas fotos, tomadas de diversos ángulos y en diversas circunstancias, incluyendo acercamientos al rostro, terminaron de convencer a Fernando de que, efectivamente, se trataba de su padre. Aunque las facciones parecían habérsele afilado con el paso de los años, reconoció expresiones únicas de él, todas claramente perceptibles en las fotos, como aquella de entrecerrar un ojo mientras leía el periódico o enarcar las cejas en medio de una conversación para expresar mejor una idea.

Fernando esperó pacientemente a que terminara la misa y cuando su padre avanzaba hacia la salida por la nave central, se arrodilló y se cubrió el rostro con las manos, fingiendo un profundo estado de oración. «¿Me habrá reconocido?». Luego salió tras él y se percató de que cojeaba ligeramente de la pierna izquierda. «¿Habrá tenido algún accidente?». Casi todos los feligreses, Ignacio de la Torre entre ellos, se dirigían al puerto, seguramente a almorzar en alguna de las muchas marisquerías que tanto turismo atraían a Cudillero durante los fines de semana. Caminaban despacio y Fernando tuvo que desacelerar el paso. Su padre se detuvo frente a uno de los primeros restaurantes a leer el menú en compañía de dos hombres con los que luego se sentó en una mesa exterior. Fernando cruzó la calle, siguió de largo y entró en otra marisquería, desde la cual podía observarlos sin ser visto. Durante la comida, su padre hablaba y reía con sus compañeros de mesa y a Fernando le llamó la atención que tomara más de una copa de vino. Se le veía tranquilo, distendido, ¿feliz? Luego de una prolongada sobremesa, los tres comensales se despidieron y tomaron caminos diferentes. Ignacio avanzó rumbo al puerto y Fernando lo siguió hasta que entró en el edificio donde estaba ubicada su vivienda. ¿Subiría tras él para abordarlo sin más demora? Luego de reflexionar decidió esperar y prepararse mejor para el encuentro.

En la habitación del hotel, Fernando volvió a preguntarse si realmente quería confrontar a su padre, quien parecía haber encontrado una nueva vida en este pueblo de pescadores, que llamaba la atención por la multiplicidad de colores con que pintaban sus casas los lugareños. Sin duda era un pueblo alegre donde las preocupaciones de la gente parecían girar únicamente en torno a la abundancia o escasez de la pesca. Por un momento cruzó por su mente la posibilidad de que su padre, olvidándose para siempre de Ignacio de la Torre, quisiera continuar su vida como Carlos Hidalgo. «Aunque este pueblo, ciertamente, no es Los Susurros ni existe en él la vida bucólica que tanto lo atraía, seguro disfruta aquí de la misma ausencia de responsabilidades y preocupaciones que siempre lo abrumaban. Además, permanecer alejado de su país significa no tener que enfrentarse a su pasado. Pero no hay forma de saber si Ignacio de la Torre ha llegado a convertirse de veras en Carlos Hidalgo sin antes hablar con él. ¿Con qué palabras iniciaría un diálogo después de diez años de silencios, de mentiras y de decepciones? ¿Cómo comenzaría a exigirle explicaciones a aquel ídolo con pies de barro? Sin duda, la primera pregunta tendría que ser ¿por qué me engañaste, papá? ¿Cómo es posible que en lugar de sincerarte conmigo, que lo único que ambicionaba en la vida era continuar tu obra y seguir tus pasos, escogieras desaparecer sin decir nada, sin medir el profundo dolor que causabas? ¿Tanto pesó tu orgullo que preferiste dejar de existir antes de aceptar que, como la luna, todos los seres humanos ocultamos una cara oscura? ¿Dónde quedó la ética que tanto pregonabas si ni siquiera te importó dejar abandonadas tus empresas y todas las familias que dependen de ellas? Aquello que le impedía a Fernando pensar con lógica y serenidad, lo que más obnubilaba su mente, era, además del engaño, la falta de confianza en el hijo que siempre había procurado ver el mundo a través de los ojos de su padre. ¿Tan grave fue tu delito que pensaste que no encontrarías jamás el perdón de tus hijos? ¿Tú, que nos enseñaste que más se humilla quien rehúsa perdonar que quien acude en busca del perdón? ¿Fue, realmente, ese delito el que te obligó a desaparecer o fue el haber quebrantado tus propias normas morales al entregarte a una relación amorosa con tu secretaria? ¿O el incumplimiento de la promesa que le hiciste de casarte con ella, adoptar a su hija y tratarla como si fuera tuya? Para ninguna de estas interrogantes era capaz Fernando de imaginar que su progenitor tendría una respuesta válida. La confrontación devendría, entonces, más que en un diálogo entre padre e hijo, en un monólogo recriminador. Y si, después de escucharlo, su padre aceptara su culpa y pidiera perdón, ¿qué haría él? ¿Perdonaría limpia y llanamente, sin ninguna consecuencia? ¿Le pediría a su padre que se olvidara para siempre de Ignacio de la Torre y permaneciera viviendo en aquel pueblo de pescadores como Carlos Hidalgo? ¿Qué le diría a su hermana, que por tanto tiempo alimentó la esperanza de que el padre estuviera vivo?».

Fernando salió al balcón de la habitación de su hotel cuando agonizaba el día. La pequeña ensenada de Cudillero se había teñido de diferentes matices de rojo y naranja contrastando con los últimos tonos de azul, que se negaban a abandonar el firmamento, y con el verde de las montañas, que tan abruptamente descendían hasta tocar la espuma del mar. Una que otra barca rezagada se acercaba perezosamente al muelle del embarcadero y se escuchaba el chillido de las últimas gaviotas que, volando alrededor de las redes, todavía insistían en reclamar su parte de la pesca. Un sentimiento de apacibilidad lo invadió y por un momento sintió envidia de los diez años que su padre había pasado en aquel pueblo de casas pintadas de luminosos colores, donde el tiempo parecía detenerse a cada momento. «Aquí se envejece más lento», pensó. Y enseguida encontró en una vida más larga la excusa perfecta para pedirle a su padre que prolongara indefinidamente su estancia en ese hermoso rincón de la costa asturiana. Si él aceptaba, Fernando se comprometería a guardar en confidencia la existencia de Carlos Hidalgo. En ese momento de serena lucidez recordó las últimas maquinaciones que él había emprendido para defenderse del posible retorno de su padre y la denuncia por estafa interpuesta en su contra por los bancos acreedores. «Mañana mismo llamaré a Manuel Vivencio para que comience a devolver los trescientos millones a los libros de Cotosa», se prometió. «Aunque mi padre decida regresar, es obvio que no tendrá las energías para librar una guerra por el control de las empresas. El ambiente en el que ha vivido sus últimos diez años seguramente le han restado las ganas de luchar». Era el mismo ambiente que en un solo día había ido apaciguando las ansias de Fernando de confrontar a su padre. «Tal vez convenga esperar un par de días antes de hablar con él», se dijo, aunque enseguida descartó la idea.

La luz artificial comenzaba a iluminar las calles cuando Fernando recorrió las tres cuadras que separaban su hotel del edificio donde habitaba su padre. Subió un tramo de escaleras y se detuvo frente a la puerta del apartamento 2A. Allí permaneció indeciso. «Quizás sea mejor regresar mañana», pensó, pero, sin darse tiempo de arrepentirse, avanzó hacia el umbral y tocó tres veces. Segundos después, la puerta se abrió y apareció su padre.

—Buenas noches —dijo sin mostrar mucho asombro.

—Padre, soy yo, Fernando.

El hombre lo miró inquisitivamente.

—¿Qué me dice? —preguntó confundido.

Eran la voz, era el rostro y eran los ojos de su padre, pero no eran ni su acento ni su expresión. Ambos hombres se observaron un largo momento hasta que Fernando volvió a hablar.

—Es posible que me haya confundido. Perdone usted.

—¿Confundido? ¿Quién pensaba usted que era?

—Yo pensaba que usted era mi padre.

—¿Su padre? No se vaya usted así, por Dios. Hablemos para aclarar esto. ¿Aceptaría una invitación a cenar?

—La verdad, no sé qué decir. He venido desde muy lejos a buscar a mi padre y ahora resulta que usted no es él. ¡Se le parece tanto!

—Venga, vamos a cenar que ahora soy yo quien está confundido. Quiero saber de dónde viene usted y por qué me ha tomado por su padre.

Fernando de la Torre y Carlos Hidalgo cruzaron la calle y se sentaron en la mesa más apartada del restaurante Fiesta del Mar. Antes de que el mesero trajera el menú, Fernando comenzó a hablar. Aunque creyó prudente omitir algunos detalles, como la acusación de pederastia y la envergadura económica de sus empresas que le permitía volar hasta Asturias en su propio avión, habló de los orígenes de su padre en un orfelinato de Extremadura, de su adopción por un peruano y su trabajo en las minas de oro de Arequipa; de cómo se había convertido en un empresario importante en Panamá, de la familia que había levantado, de su desaparición mientras remaba en el río, de la declaratoria judicial de su muerte, de la foto tomada por la amiga de su hermana en alguna iglesia de Asturias y de la investigación que llevaron a cabo detectives contratados por él que finalmente había motivado que Fernando se trasladara a Cudillero. Fascinado por la historia, Hidalgo lo escuchaba sin interrumpir, moviendo a ratos la cabeza de un lado a otro mientras a sus labios asomaba una leve sonrisa.

Cuando Fernando concluyó su relato, Hidalgo le preguntó cómo se llamaba su padre.

—Ignacio, Ignacio de la Torre.

—Hermoso nombre. Pero venga, ordenemos algo de comer y de beber que yo también tengo una historia que contarle.

Hidalgo llamó al mesero que, respetando la conversación de los dos hombres, se había mantenido apartado.

—Andrés, ven acá y trae el menú que tenemos hambre y sed.

Después de tomar la orden y de servir la primera copa de vino, el mesero se retiró y Carlos Hidalgo comenzó a contar su historia.

—Debes saber que tu relato ha venido a llenar el único vacío, la única interrogante que quedaba en mi larga existencia. —Hidalgo hizo una pausa—. Espero que no te importe que te tutee, al fin y al cabo estoy seguro de que soy tu tío. Verás, yo también soy huérfano y también viví en un orfelinato de Extremadura, en Cáceres, para ser más preciso, antes de ser adoptado por una familia valenciana. Después de graduarme de la Complutense, donde estudié la carrera de Agronomía, sentí curiosidad por conocer mi pasado. Son pocas las huellas que dejamos los huérfanos, así es que no fue mucho lo que pude averiguar. Cuando ya casi me daba por vencido, una monjita muy anciana, que había laborado cuidando huérfanos antes de retirarse a la vida contemplativa, a quien la casualidad puso en mi camino, me contó que la mujer que me había dado en adopción, una chica joven y muy guapa, decía ella, se había presentado al orfelinato con dos criaturas de apenas un mes de nacidas. Siguiendo la tradición, los gemelos fueron separados para facilitar su adopción. Y eso fue todo lo que alcancé a saber; por más que traté de investigar —los expedientes de los huérfanos son confidenciales— no logré encontrar una sola pista que me llevara a mi hermano. Viví un tiempo rumiando la idea de que en algún lugar de España o del planeta tenía yo un gemelo, pero después de un tiempo la fui dejando perderse en mis recuerdos. Hasta hoy, que tú apareciste creyendo que yo era tu padre. Pero, dime, ¿tan parecidos somos?

El mesero llegó con la comida y Fernando esperó a que se retirara.

—Son ustedes dos gotas de agua. Sus facciones y los ojos, sobre todo los ojos, son iguales. El timbre de voz es el mismo, aunque usted habla con un acento muy español. Me parece que también son de la misma estatura, aunque a usted lo encuentro algo más encorvado, tal vez porque hoy es diez años mayor de lo que era mi padre cuando desapareció. Además, usted camina con una leve cojera, tiene el rostro más afilado y usa barba.

—La cojera es consecuencia de un accidente bastante grave con una máquina cosechadora. El mismo percance me dejó una cicatriz aquí, algo más arriba de la mandíbula, que llevo oculta bajo la barba. Para eso me la dejé.

Hidalgo se quedó un instante pensativo antes de comentar:

—Curioso incidente el de la foto ¿no? ¿Cuándo ocurrió?

—Hace un par de años y llevó a mi hermana al convencimiento de que nuestro padre estaba vivo en algún lugar de Asturias. —Fernando iba a mencionar el juicio interpuesto por María Eugenia, pero lo pensó mejor y se abstuvo—. Supongo que la amiga que tomó la foto entró por casualidad en la misma iglesia en la que ese domingo cantaba el coro de San Pedro de Cudillero.

—Así debe haber sido y, además, una verdadera coincidencia porque en realidad son pocas las giras que ha realizado el coro. Pero de casualidades está llena la historia. ¿Cantaba tu padre, Fernando?

—Nunca lo oí cantar, pero sí disfrutaba mucho la música, sobre todo cuando tenía tiempo de escaparse a Los Susurros.

—¿Los Susurros? Nombre muy original. ¿Qué susurra allí?

—La arboleda cuando el viento la agita y dos riachuelos que rodean la propiedad. Se trata de una hermosa finca a la que mi padre acudía cada vez que podía tomarse un respiro del trabajo. —La mirada de Fernando se nubló—. Los días más felices de mi vida los pasé en Los Susurros junto a mi padre. Escalábamos montañas, descubríamos aves y plantas ignotas, nadábamos en los ríos, descendíamos los rápidos remando en kayaks. Como ya le conté, un accidente en el río le costó la vida.

—¡Qué lástima! Espero que no permitas que ese accidente ensombrezca los buenos recuerdos que, cuando llegamos a viejos, se convierten en una compañía indispensable.

El mesero se acercó para volver a llenar las copas de vino.

—Y usted, señor Hidalgo, ¿guarda buenos recuerdos?

—Llámame Carlos o tío Carlos pero, ¡por Dios!, nada de señor Hidalgo. En realidad, guardo pocos recuerdos. Me casé a una edad en la que ya los hijos no deben tenerse y creo que fue la falta de un ser que nos uniera, de un lazo permanente, lo que a la postre determinó que mi esposa y yo termináramos divorciados. Ella se fue de España y no sé siquiera en qué continente vive. Pero...

—También yo me divorcié porque mi mujer no quiso tener hijos cuando éramos jóvenes. Sin embargo, nos seguimos queriendo y nos vemos con frecuencia.

—Eso está muy bien. Iba a decir que a partir de hoy, gracias a ti, tendré un buen recuerdo. ¿Hasta cuándo te quedas en Asturias?

—La misión que me trajo acá está cumplida. Me voy mañana antes de que este pueblo termine de hechizarme. Hay asuntos y decisiones importantes en la empresa que esperan mi regreso.

—Y supongo que también asuntos familiares.

Sin responder a la pregunta Fernando preguntó:

—¿Le importa si el mesero nos toma una foto? Se la llevaré a mi hermana. Quién sabe si sea el puente que necesitamos para reanudar el vínculo fraternal. Le encantará saber que contamos con un tío gemelo de nuestro padre; tal vez así desista de seguir esperando su regreso. Ella necesita poner los pies en la tierra para que su vida vuelva a la normalidad.

—Andrés —llamó Hidalgo— ven que te necesitamos para que nos hagas una fotografía. —Y dirigiéndose a Fernando preguntó—: ¿Cargas uno de esos teléfonos que sirven para todo?

—Sí, claro. Aquí lo tiene, Andrés.

Fernando examinó la foto en la que tío y sobrino aparecían sonriendo, abrazados por los hombros.

—En realidad, será un hermoso recuerdo —dijo Fernando—. ¿Se animará a visitarnos algún día... tío Carlos?

—Gracias, pero no creo. Yo ya no estoy para viajes. Pero tú si puedes regresar acá cuando quieras. Te escribo mi dirección de correo para que nos mantengamos en contacto. Andrés, trae un lápiz y un pedazo de papel.

Hidalgo escribió la dirección, no sin cierta dificultad, y se la entregó a Fernando.

—Espero que la entiendas. Mi letra se descompuso después del accidente, aunque ningún médico ha sabido explicarme por qué.

—Qué curioso, usted escribe con la derecha; mi padre era zurdo —comentó Fernando antes de leer en voz alta carloshidalgo2003@gmail.com—. Veo que ingresó en la era de la tecnología.

—Hace tiempo aprendí que sin un ordenador no se puede vivir. Pero no paso del correo y del Google.

Sobre los dos hombres descendió un suave silencio.

—Bueno, tío, creo que es hora de irme —dijo Fernando.

—Antes de despedirnos quisiera preguntarte ¿seguirás buscando a tu padre?

Fernando permaneció cabizbajo unos instantes antes de responder.

—Usted era la última esperanza de que mi padre estuviera con vida. La búsqueda terminó hoy.

—Lo extrañas mucho, ¿verdad?

Un nuevo silencio.

—Claro que lo extraño. Pienso en él todos los días, en la forma que manejaba sus negocios, que ahora son los míos. —Había un renovado ardor en la voz y en la expresión de Fernando—. Nunca ha habido un hombre con un sentido de la ética tan acendrado. Yo solía pensar que él vivía inmerso en una época ya superada, pero hoy me doy cuenta de que los principios que lo guiaban son indispensables para lograr el éxito permanente. Estoy seguro de que será más fácil para mí aceptar su desaparición definitiva si desde mañana comienzo a aplicar nuevamente su ética empresarial. Nunca dejaré de extrañarlo.

—¡Bien dicho, muchacho! —exclamó Hidalgo, y ambos hombres de levantaron para compartir un caluroso abrazo ante la mirada complacida de Andrés, que presentía que algo importante acababa de ocurrir esa noche en una de sus mesas.

Epílogo

Dos días antes de que apareciera en Cudillero su hijo Fernando, Ignacio de la Torre había recibido el último correo de María Eugenia:

Querido papá:
Ahora sí es URGENTE *que regreses lo antes posible. Según me cuentan don Federico Riquelme y el abogado Arellano, la situación de Cotosa es delicada y hace falta que alguien tome el control antes de que empeore. Desde hace varios días Fernando no va a la oficina y se desconoce su paradero. Las locuras que ha hecho han motivado a que varios bancos acreedores lo denuncien por estafa, y como su avión no está en el hangar se piensa que abandonó el país. Según me dijo el abogado Arellano, el faltante es de más de trescientos millones de dólares.*

Como he venido informándote en correos anteriores, todos tus problemas legales están solucionados: el delito por el que injustamente te acusó Aurora ha sido declarado prescrito y en la demanda que interpuse para que te devolvieran tus derechos mi abogado ha obtenido una prórroga del período probatorio para que tú te presentes personalmente en el juicio, con lo que terminaremos también con ese asunto y podrás recuperar todos tus bienes. Aunque hay problemas con algunas de las empresas, sobre todo con las que creó Fernando en tu ausencia, me dice don Federico que de acuerdo con los informes que le ha venido suministrando Arellano, casi todas son salvables, exceptuando la de Perú, que parece que el gobierno expropiará por algún chanchullo de Fernando. Pero, como te dije, hay que actuar rápido.

Tal como solicitaste, tan pronto regreses, don Federico está dispuesto a dedicarle algunas horas del día a las empresas hasta que las finanzas queden en orden. Por otra parte, Víctor Segura está preparando una campaña mediática para anunciar tu regreso. La historia es la que ya hemos acordado: sufriste un accidente que te causó pérdida de la memoria; fuiste recogido en altamar por un carguero y viviste durante diez años en el anonimato, sin recordar quién eras. Víctor cree que, por lo fantástica, la historia cautivará a la comunidad y permitirá contrarrestar cualquier campaña negativa que Fernando intente en tu contra. Por lo pronto, y esto te agradará, Víctor está conversando con las empresas competidoras para ofrecer en venta el negocio de medios en el que Fernando metió a Cotosa, que nunca logró salir a flote.

En tu último correo me preguntas si he sabido algo de Aurora y de su hija. No me gusta hablar de ellas, pero Justo Arellano me dijo ayer que, según le informó su amigo Millán, ellas continúan viviendo en México y es muy probable que Aurorita se quede por allá a trabajar como dentista. ¡Ojalá que así sea! No entiendo cómo es que todavía te preocupas por ellas después del daño que te hicieron.

Una novedad fue que ayer, Irene, tu antigua nuera, a la que no veo y con la que no hablo prácticamente desde que se divorció de mi hermano, me llamó para decirme que ha estado intentando contactar a Fernando sin éxito y que le preocupa mucho su salud. ¡A estas alturas! Aunque no me lo dijo expresamente, entendí que no es precisamente su salud física lo que la mortifica, sino su estado mental. Lo más probable es que el repentino desasosiego de Irene responda a que sin Fernando perderá su fuente de ingresos.

Termino pidiéndote que me respondas más rápido de lo que acostumbras y que me informes el día que debo ir a recogerte al aeropuerto.

Un beso,

María Eugenia

Después de leer la carta de su hija y de cerrar la computadora, Ignacio había salido a la pequeña terraza donde las buganvillas y las hortensias competían por llamar su atención. En la ensenada que daba acceso al puerto, las barcas de Cudillero regresaban con la pesca del día: besugos, rape, lubina, percebes, centollos, erizos. ¡Cuántas delicias! ¿Habían pasado en realidad más de diez años? Diez años dedicados a leer, a escribir, a escuchar música, a cantar en un coro todos los domingos y días de fiesta recorriendo, de paso, algunas de las iglesias más antiguas de Asturias. Diez años de hacer amigos por el único interés de tener alguien con quien compartir opiniones, comentar la abundancia o escasez de la pesca, el desempleo, la terquedad autonomista de los catalanes, la corrupción dentro del Partido Popular, el surgimiento de Podemos y los peligros o esperanzas que este movimiento representaba para la vieja España. Ignacio no estaba seguro de si realmente quería abandonar aquel retiro voluntario que le había enseñado a disfrutar de una vida más cónsona con sus orígenes y con sus verdaderos valores. Para costear sus gastos utilizaba apenas una parte del dinero que regularmente le enviaba María Eugenia. No se podía vivir en la opulencia y a la vez pretender ser amigo de la gente sencilla: de los pescadores, de los miembros del coro, de la señora del mercado, del cura de la iglesia, del chofer del autobús, del mesero del restaurante de la esquina. El resto del dinero, siguiendo un antiguo hábito, lo ahorraba para cuando hiciera falta.

Los recuerdos placenteros que Ignacio guardaba de Panamá giraban todos en torno a Los Susurros, a sus riachuelos, a las montañas que lo cobijaban, a la comunión con la naturaleza que le permitía olvidarse por un momento de sus responsabilidades como líder de un gran consorcio empresarial. Pero le resultaba imposible recordar sus días en Los Susurros sin que la imagen de Fernando, el hijo adolescente, todavía ingenuo y sin ambiciones, acudiera también a su memoria. Fernando y él ascendiendo juntos hacia las alturas; descendiendo los rápidos del río Chiriquí Viejo; intentando descifrar los misterios de la naturaleza; contemplando extasiados las orquídeas azul cobalto, los halcones peregrinos, los colibríes ermitaños. ¿Cuándo había comenzado a perderse aquella hermosa relación con su hijo? ¿Qué había sido de aquel Fernando? ¿Hasta dónde lo había hundido la ambición desmedida? Ignacio prefería no pensar en ello. Poco a poco había permitido que el recuerdo del hijo se fuera desdibujando en sus recuerdos. Quizás la responsabilidad paterna de tratar de salvarlo, que ya le daba aldabonazos en la conciencia, era uno de los principales motivos por los que Ignacio no quería dejar de ser Carlos Hidalgo, su otro yo, aquel que desde hacía diez años habitaba en el segundo alto del edificio contiguo a la lonja de Cudillero, un ser humano que había conocido la verdadera felicidad, que cultivaba amigos y flores en lugar de problemas y desengaños. Pero también pensaba en María Eugenia y en sus nietos. La hija de principios inamovibles, de razonamiento frío, la que desde niña se había prohibido ser espontánea. La misma María Eugenia que tan pronto se enteró de la delicada situación que enfrentaba su padre no dudó en convertirse en su cómplice, tal vez más por enfrentar a su hermano que por salvarlo a él. No, no era justo pensar así. La primera motivación de María Eugenia había sido, indudablemente, el amor filial. Fue, quizás, ese mismo amor, mal entendido, el que, luego de enterarse de su relación con Aurora, la había llevado a oponerse a ella, a detestar a su amante. ¿Qué sería de Aurora y de Aurorita? ¿Permanecerían en México el resto de sus vidas? ¿Las volvería a ver algún día? ¿Las seguiría extrañando? Por más que había intentado borrar de sus recuerdos aquella noche fatal en Los Susurros, que cambió para siempre su vida y la de sus seres queridos, las imágenes se negaban a abandonar su memoria. ¿Qué le había ocurrido, realmente, esa noche? ¿Sería capaz de enfrentarlo algún día? Aquella atracción que sentía por la pequeña Aurorita, ¿era consecuencia, únicamente, del amor casi paternal que le profesaba o había existido en su ánimo la chispa de una pasión insospechada, turbia e imposible de aceptar? La incertidumbre jamás dejaría de atormentarlo, aunque lo consolaba pensar que después de transmutarse en Carlos Hidalgo no había vuelto a sentir por ninguna otra chiquilla un ardor semejante.

Aunque Ignacio todavía abrigaba cierta esperanza de continuar siendo Carlos Hidalgo, en el fondo comprendía que, por más difícil que resultara, el regreso a su país y a sus empresas parecía inevitable. La decisión se había ido tejiendo poco a poco a lo largo de sus diez años de ausencia; María Eugenia había sido la hilandera.

Ahora habían pasado cuatro días desde que, según le informara Justo Arellano, el investigador Millán dejó saber a Fernando que la empresa española de investigación había encontrado a su padre en un pueblo de Asturias. Cuatro días durante los cuales, anticipando la llegada del hijo, se había dedicado a inventarse una historia, a perfeccionar su papel de hermano gemelo de Ignacio de la Torre, a aprender a escribir con la mano derecha, a hablar con un pronunciado acento español, a fingir una cojera inexistente, a gesticular de otra manera. Pero el hijo todavía no había venido en su busca. ¿Vendrás alguna vez, Fernando? Y si llegaras a venir, ¿será posible mantener vivo todavía a Carlos Hidalgo? Compungido, Ignacio había regresado a su escritorio y abierto la computadora para responder a María Eugenia.

Querida hija:
Gracias por tu último mensaje y por todo lo que has hecho a lo largo de estos diez años. He fijado la fecha de mi regreso para el próximo viernes...

En ese momento escuchó tres golpes en la puerta y, esperanzado, acudió a abrir. Frente él se encontraba Fernando, e Ignacio sintió renacer en su interior a Carlos Hidalgo. Horas más tarde, de regreso en su apartamento después de compartir, actuando con maestría, una larga conversación, una deliciosa cena y una emotiva despedida con su hijo, había vuelto a sentarse frente a la computadora para retomar, con renovados bríos, su respuesta a la carta de María Eugenia.

Querida hija:
No sé cómo agradecerte todo lo que has hecho a lo largo de estos últimos diez años en los que me he visto forzado a vivir la vida de otro hombre. Hoy debo decirte, sin embargo, que Carlos Hidalgo se ha apoderado de mí de tal manera que me resulta imposible volver a ser Ignacio de la Torre. Espero que algún día lo entiendas.

Tu hermano estuvo por acá y regresará mañana a encargarse nuevamente de las empresas. Yo confío en que volverá a ser el hijo que creí haber perdido. A ti te hablará de su tío Carlos, el hermano gemelo de tu padre, y te mostrará la foto que nos tomamos juntos. Te ruego, y es lo último que te pediré, que aproveches ese gesto de acercamiento para tratar de que entre ustedes vuelva a nacer el amor fraternal.

Puedes estar segura de que soy un hombre feliz. Recuerda que retirarme de los negocios para disfrutar realmente de la vida había sido siempre una de mis prioridades. Por supuesto que los extrañaré, a ti, a tu familia, a Fernando. También, por qué no decirlo, a Aurora, a la que me unió un amor sincero que, lamentablemente, no pudo ser. No la culpo por haber salido a defender a su hija cuando la creyó víctima de un abuso que nunca existió. Todo esto queda en un pasado que he logrado sepultar después de diez largos años de vivir como Carlos Hidalgo.

Cuando quieras puedes venir a visitar al hermano gemelo de tu padre, el que vive aquí en este pueblo donde la gente es sencilla y amable y donde entre nuevos amigos y nuevas vivencias pienso pasar los años que me restan de vida. En Cudillero seguiré forjando recuerdos, que espero sean tan buenos como los que, cobijados en nuestra cabaña de Los Susurros, guardaré siempre de tu madre, de ti, de tu familia y de tu hermano Fernando.

Te quiere mucho,

Ignacio

A bordo del avión que lo llevaba de vuelta a Panamá, Fernando de la Torre sonreía para sus adentros mientras trataba de decidir qué papel había sido más convincente: si el de su padre, fingiendo ser su hermano gemelo; o el suyo, aparentando haberle creído. Tampoco podía pasar por alto actuaciones como las de María Eugenia, el viejo Riquelme, Arellano y el propio Millán, que venían a confirmar que la vida no es más que un permanente escenario en el que todos somos, a la vez, actores y espectadores y donde mejores frutos cosecha quien mejor aprende a fingir.

Agradecimientos

Mis buenos amigos y primeros lectores de lo que escribo, Aristides Royo, Felipe Motta y Jorge Eduardo Ritter, revisaron el manuscrito y realizaron observaciones importantes. Igual hicieron mi hijo Jorge Enrique y mi esposa Ana Elena, quien además me ayudó a mantener la coherencia de los tiempos en que se desarrolla la novela. A ellos mi renovado agradecimiento.